GEERTRUI DAEM
VIERSPRONG
ROMAN

Uitgeverij Polis

1

'Zondag, 1 september 1963', schrijft Estelle in haar ronde, meisjesachtige handschrift in het register neer. Ze is van nature linkshandig, het schrijven heeft ze op school moeizaam en onder dwang met de rechterhand geleerd. Ze kijkt naar het identiteitsbewijs van de pas aangekomen gast – vooral naar de foto – laat de vingertoppen met de roodgelakte nagels even het paspoort beroeren, en noteert: 'Polderdam Koos.'

Estelle neemt vervolgens de man zelf voor de balie bevallig op snee. Ze glimlacht. Er trekt iets vertrouwds in haar onderbuik samen – mijn God, denkt ze, al gelooft ze niet in Hem, wat is hij mooi, aantrekkelijker nog dan op de pasfoto!

'Wij hebben speciaal voor u onze beste kamer gereedgemaakt, meneer Polderdam, de suite, op het eerste, vanachter met zicht op de tuin.'

Polderdam, Nederlander, instructeur voor de nieuwe technologie en leraar, is ingehuurd door de textielgigant Pictahol. Hij zal de studenten van de technische hogeschool onderrichten over de modernste weefgetouwen en het fabriekspersoneel tijdens avondleergangen bijscholing geven, een behoorlijk zware opdracht.

'Omdat ge zo lang bij ons blijft, gaan we u extra vertroetelen, meneer Koos', flapt Estelle er ontwapenend uit.

'Dank u, mevrouw', zegt Polderdam en hij neemt zijn hoed van zijn hoofd, draait hem bij de brede rand even rond zijn hand en kijkt tersluiks naar Estelles fraaie boezem – die zwelt zowaar vanzelf!

'Het schrikt eh, het schikt me hier zes maanden te verblijven', knikt hij beleefd.

Stella ziet haar aantrekkingskracht in de expressie op het bleke gezicht van de Hollander weerspiegeld. Ze geniet ervan.

'Misschien wilt ge de kamer eerst toch eens zien, meneer Polderdam,' vraagt ze met getuite lippen, 'vooraleer ge toehapt?' Dat laatste is een grapje.

'Ja, goed, mevrouw.'

'Juffrouw,' zegt ze, 'ik ben niet getrouwd.'

Stella strijkt een losse haarsliert achter haar oor, etaleert en controleert in een en dezelfde beweging de vloeiende lijnen van haar lichaam én de pinnen van haar à la Brigitte Bardot hoog opgestoken kapsel. Alles zit nog stevig vast. In *Zondagsvriend* heeft ze foto's van de Franse filmster bestudeerd, de houding, de glimlach.

'Ik ga met u mee naar boven', zegt ze een beetje hees en ze glimlacht veroverend.

Vanmorgen heeft ze haar nauwsluitende zwarte kokerrok aangetrokken en haar naaldhakken. Heupwiegend komt ze achter de balie vandaan om de logé te tonen wat ze nog meer in huis heeft, een stel prachtige benen en een goddelijke derrière, om maar iets te noemen.

'Goed mevr... juffrouw', knikt Polderdam verlegen – de juffrouw doet hem aan een wulpse filmster denken op wier naam hij niet kan komen. Hij maakt aanstalten zijn reiskoffers gelijk mee de trap op te nemen.

'Laat uw valiezen maar staan en volg mij', zegt Estelle uitnodigend.

Uitgerekend op dat moment staat Mariëtte in de deuropening van de grote salon met eetkamer. Ze stapt doelbewust, de fleurige bloemetjesjurk golvend rond haar kuiten, de gang op, recht op de nieuwe gast af.

'Blijft gij rustig bij de receptie, Estelle, ik begeleid onze nieuwe gast wel', wuift Mariëtte zijdelings naar haar zus, voordat ze beide armen sierlijk voor zich uit strekt – als wil ze een ballet beginnen – en op de man toeloopt.

'Welkom, welkom in gasthof Viersprong, meneer!' schudt ze hem hartelijk de hand. 'Juffrouw Mariëtte, econome en zaakvoerster, u bent de Nederlandse heer die we verwachtten...'

'Polderdam, juffrouw.'

'Ik laat uw bagage door de knecht naar boven brengen, volg me maar', zegt Mariëtte terwijl ze de brede, statige trap op loopt.

De man gaat braaf achter haar aan.

Estelle kijkt hen met vlammende ogen na.

'Zegt tegen Maurice dat hij de bagage van meneer Polderdam naar de suite brengt, Estelle', gebiedt Mariëtte, hand op de gesculpteerde reling, losjes over haar schouder, nog voor ze halfweg de trap is.

Met een air alsof ze aan zaakvoerster alleen niet langer genoeg heeft en de koningin in eigen persoon is geworden, denkt Estelle.

Stella stampvoet, de metalen naaldhak van haar linkerschoen tikt nijdig op de vloertegels van de hal. Haar zwakke protest gaat verloren in de galm van de trapzaal waar Jets stroperige stem weerklinkt.

Ze heeft het over 'een lavabo op de kamer'. 'Lafaboow', zegt ze. 'Nou en de wc en de padkamer sijn op deselfde chang!' hoort Stella haar zus erg bekakt articuleren, een belachelijke poging om Hollands te spreken. Als er een Duitser komt gooit ze overal 'jahwoal main herr' tussen en het liefst van al tatert ze in het Frans. Ergerlijk mens!

Estelle buigt zich over de reispas die op de balie is blijven liggen. Koos Polderdam. Geboren te Rotterdam op 12 augustus 1936. Ogen: grijs. Gezicht: ovaal. Haar: kastanjebruin. Lengte: 1,87 m. Adres: Paviljoenweg 39, Nijmegen. Burgerlijke stand: gehuwd.

Ze schrikt. Zo jong en al getrouwd. Toch hoeft een huwelijk geen onoverkomelijk bezwaar te zijn, er wordt niet altijd uit liefde getrouwd, vele huwelijken houden alleen de schijn van geluk en zekerheid op, natuurlijk.

Stella voelt zich helemaal klaar voor de liefde. Dat het vorige keer niets is geworden moet ze vergeten. Genoeg gerouwd en te véél kostbare tijd verloren.

Via het gangetje loopt ze de sous-sol door naar de tuin en het werkkot om Maurice te vragen of hij – in opdracht van Hare Majesteit Jet – de valiezen van haar nieuwe kandidaat-geliefde naar boven wil dragen. Wat een mooi profiel heeft hij, Koos Polderdam... Ach, als de Trollen me maar eens één keertje ongehinderd mijn eigen gang lieten gaan, denkt Estelle.

*

In de suite trekt Mariëtte jubelend de sprei wat strakker over het tweepersoonsbed. 'Nou, kijk eens hier, een ruim duppel ped voor meneer!'

Koos Polderdam staat voor het erkerraam de riante tuin beneden te bewonderen – die lijkt op de stallingen, de kippenren en het hondenhok na, een heus park. Hij heeft haar niet gehoord.

'Bevalt onze suite u?' vraagt ze aan zijn rug.

'U zei...?' De man keert zich naar haar toe. 'Tuppel pet, zei u?'

'Een dubbel bed, een bed voor twéé personen', corrigeert Mariëtte, al wil ze daarmee vooral niets onwelvoeglijks suggereren.

'Hartstikke rustig is het hier en toch dicht bij het centrum', zegt Polderdam.

'Een meerkost wordt u voor het tweepersoonsbed niet aangerekend, u verblijft hier immers maar alleen', gaat Mariëtte door terwijl ze haar Hollandse accent al weer is vergeten. 'Bed en uitzicht, zithoek, secretaire en wastafel horen bij de suite.'

'Prima.' Hij legt zijn hoed op de schrijftafel en begint zijn jas uit te trekken.

'U kan bij het avondmaal kennismaken met de andere pensionairs en met mijn andere zusters, de juffrouwen Louise en Judith. Op zondagavond gebruiken we meestal een eenvoudige, voedzame broodmaaltijd omdat we 's middags al gekooksel hebben gegeten terwijl we op werkdagen 's avonds warm eten. Het menu voor de komende week staat op tafel in de eetkamer.'

*

Estelle loopt door de tuin.

Ze blikt omhoog naar het erkerraam – nee, ze ziet hem niet – dan haast ze zich naar het kot.

Het werkhok is een lange, smalle houten constructie in de tuin, rechts tegen de blinde muur met de buren aangebouwd. Dit is Maurice' domein. Maurice is gepensioneerd schrijnwerker maar klaart nog altijd klussen voor al wie daarom vraagt en hem ervoor betaalt. Hij gebruikt het materiaal en het hok al sinds papa's tijd, in ruil voor wat kleine klusjes. Omdat hij alles al jarenlang onderhoudt, meent hij daar recht op te hebben.

'Maurice?' Estelle staat in de deuropening van de ook bij dit zachte weer eerder duistere, killige ruimte.

Maurice buigt zich in grijze werkkiel – gelapt en vol vlekken – over de werkbank. Met een grote vijl bewerkt hij een of ander voorwerp dat in de schroef zit vastgeklemd.

Of het zon- of weekdag is maakt voor hem niet uit, iedere dag is een werkdag.

Zijn dochter Odette is uitzonderlijk met hem meegekomen. Het is lang geleden dat Estelle haar zag. Ze zit in haar opbollende roze nylon schort op de krakkemikkige stoel met kapotte biezen zitting, naast de stapel houten planken en het overschot van ongesorteerde bouwmaterialen.

Odette kijkt niet op, Maurice evenmin, hij hoort Stella niet of doet alsof.

De profiteur is selectief doof, volgens Mariëtte.

Estelle laat de deur met een klap dichtslaan.

'Maurice!'

Zonder op of om kijken stopt Maurice met schaven. Het is alsof hij zich schrap zet. Hij kijkt haar niet aan, zelfs niet even of schichtig, nooit. Daarmee is hij de enige man die Estelle nog nooit heeft aangekeken. En al is hij oud en lelijk en smerig en vies, en al vindt zij het helemaal niet erg dat hij haar niet beziet, hij blijft een man, de enige die ongevoelig is voor haar charmes.

'Ja, Estelle?' zegt hij met zijn rug naar haar alsof hij zich gereedhoudt om wat er ook op hem toekomt direct van zich af te slaan.

'Ons Mariëtte vraagt dat ge de valiezen van het onthaal naar boven brengt', zegt Stella neutraal.

'Het was te peinzen!' roept Maurice zonder overgang uit.

Met geweld gooit hij de vijl op de werkbank neer en hij blijft met de armen half geheven, verkrampt staan. 'Ik kan mijn kop hier niet laten zien of dat mens zit op mijn vel, ik ben ik godverdomme haar slaaf niet!'

Hij draait zich om. 'Wie moet er op het kind letten?' blaft hij naar haar, naar zijn dochter, die met open mond en lege blik in de verte staart.

Estelle kent Maurice als nijdig en choleriek en toch schrikt ze. Hij houdt zich niet in om in haar bijzijn te beginnen schelden, maar tegen Jet zélf durft hij niet in te gaan.

'Ik zal ondertussen op haar passen', zegt Stella.

Maurice vloekt zacht een paternoster van zelfverzonnen verwensingen.

'Past op dat er aan het kind niets misbeurt, pot vol mille nonde domme.'

Belachelijk, vindt Stella, alsof de vader achterlijk is en de dochter normaal. Odette blijft altijd en onveranderlijk zitten waar ze neer wordt gezet.

Met een lege uitdrukking op haar gezicht kijkt ze naar Maurice.

In één beweging strijkt hij beide smerige handen evenwijdig over de zakken en wrijft het vet af aan zijn kiel.

'Waarvoor ze 'n mens van zijn werk afhouden, waar moeten die verdomde valiezen naartoe?' blaft hij klaaglijk.

'Naar de suite, op 't eerste.'

'En braaf zijn hé gij, papa komt direct terug!' dreigt hij nog en hij slaat de hoge, smalle deur met een klap dicht.

Niet veel beter dan een beest, snakken en bijten, denkt Stella, en Hare Majesteit Jet likt hij de hand!

Ze kijkt naar het voorwerp in de bankschroef – een groot scharnier voor een zware poort wellicht – en dan naar Odette, op het stoeltje.

Wat kan er die dochter van hem nu gebeuren, ze doet niets, zegt niets, onderneemt niets, beweegt niet eens uit zichzelf. Er zit geen grammetje verstand in het vlezige wezen. Terwijl ze al lang een volwassen vrouwmens is, lichamelijk in elk geval, blijft Maurice haar 'kind' noemen. In haar hoofd is ze baby gebleven, of peuter van één of maximaal anderhalf jaar.

In haar groteske schort, helemaal roze, van huid ook, lijkt Odette een decorstuk. Maurice zal haar af en toe toch weleens buiten in de zon zetten en water geven gelijk de planten, denkt Stella.

'Hé kind, wat zoudt gij kunnen uitsteken, dat vraag ik mij af.' Ze hoort hoe ze de achterlijke op dezelfde paaiende toon toespreekt als haar hond, zonder antwoord te verwachten.

De vrouw draait het hoofd naar haar toe precies zoals Lucky dat doet. Maar als het dier haar aankijkt, is dat met verstandig blinkende oogjes vol verwachting. Odette kijkt zonder haar werkelijk te zien, vindt Stella, daarin lijkt ze op haar vader.

Maurice mag dan wel beweren dat het kind kan breien en aardappels schillen, omdat ze dat gaarne doet – 'mensenlief, urenlang en zonder ophouden!' – iets anders kan ze niet. Voor alle andere dingen moet hij haar bij het handje nemen, dan loopt ze gewillig met hem mee, naar buiten, naar binnen, naar de wc en naar bed, overal naartoe. 'Nooit van haar leven zal ze haar eigen mond kunnen openhouden', zegt hij. Ze is levenslang een blok aan zijn been.

'Odette?'

Estelle loopt naar de vrouw toe, tot bij het lage stoeltje, en bekijkt haar onbeschaamd aandachtig. Ze merkt dezelfde weeïge geur als bij Maurice – met iets ranzigs erin als van bedorven boter.

'Verstaat ge mij?' vraagt ze niet onvriendelijk.

Geen respons.

'Kom geef me een handje, Odette', zegt Estelle – bijna had ze 'pootje' gezegd, en ze strekt uitnodigend haar hand naar de vrouw. 'We gaan naar 't hondje kijken, kom.'

Stella keert zich van de zwakzinnige af en probeert – hoofd in de nek – door het hoog boven de deur geplaatste venstertje de achtergevel af te spieden. Kan ze Koos Polderdam daar in de erker zien staan, of is het een schaduw? Ze trekt de deur van het hok open.

Op datzelfde moment botst er iets zachts tegen haar rug op.

God, is dat verschieten! Odette staat achter haar. De bloemzak is opgestaan en uit eigen beweging naar haar toe gelopen.

De vrouw kijkt haar expressieloos aan. Toch is het alsof ze haar, Stella, dit keer werkelijk ziet. Dit is al meer dan wat ik van uw vader gewend ben, kind, denkt ze.

'Gaat Odette mee goeiedag zeggen aan mijn hondje?'

Estelle neemt Odette bij de slappe, plakkerige hand. Met kort afgemeten pasjes hobbelt het mens naast haar naar buiten, door het gras, richting hondenren.

Estelles verrassing is zo compleet dat ze niet eens naar het erkerraam kijkt, de aanwezigheid van haar nieuwe vlam in de suite vergeet. Het gezicht van de achterlijke naast haar is niet lelijk, toch niet afstotelijk, ziet ze.

'Daar is mijne jongen, zie!' roept Stella naar de oude scheper die al van ver begint te kwispelen.

'Hier zijn we, zie, Lucky, met Odette deze keer – ge moet geen schrik hebben, Lucky is braaf, hij bijt niet', zegt ze alsof ze het tegen een normaal kind heeft.

Het bezorgt haar een bijzonder prettig gevoel macht te hebben gekregen over dit kolossale lichaam. Terwijl iedereen er altijd van uit is gegaan dat ze niets begrijpt, dat ze behalve de wens om te breien of patatten te schillen geen eigen wil heeft.

Toch toont Odettes gezicht geen emotie. De ogen kijken loos in het rond, het aangezicht blijft blank. Het is niet duidelijk of ze het beest wel ziet.

'Braaf hondje, hé, Lucky, ja hij is braaf', spreekt Stella de hond en het kind bemoedigend toe.

'Wachten hé, Lucky jongen!'

Hij moet het roze monster niet laten schrikken, maar het dier mag niet denken dat de vrouw, bijna drie keer een normale lichaamsomvang, het baasje gaat aanvallen!

Lucky is nog altijd een prima waakhond tegen onbekende indringers. Hij ziet er gevaarlijk uit. Alleen al zijn aanwezigheid schrikt mogelijke inbrekers af. Stella vindt het zinloos en wreed hem aan de ketting te leggen – het kan 's winters erg koud zijn. Zij houdt van het dier en krijgt veel vriendschap terug. Toch mag ze de hond nooit in huis halen. 'Een waakhond dient om te waken', dicteren de Trollen.

Het blijft Lucky's taak de gasten te identificeren. Vanavond of morgen of zo snel mogelijk zal Stella de nieuwe gast Koos Polderdam aan de hond voorstellen. Lucky zal hem besnuffelen en hem een pootje geven, zo herkent hij hem als een van de logés en begint hij niet ongepast alarm te slaan wanneer Polderdam 's avonds of 's nachts het domein betreedt.

Zo kent en herkent Lucky de geuren en geluiden van handelsreiziger Sorgeloos en van zijn auto – een stevige Citroën – die hij op de oprijlaan mag zetten; zoals de geuren en de stemmen van de Italiaanse nachtwerkers het dier vertrouwd zijn, evenals het geluid van hun voetstappen op de kiezelsteentjes, het gepruttel van hun kaduke NSU en het kriepen van het smeedijzeren tuinhek.

Lucky kent iedereen in Viersprong, maar hij heeft maar één meester en dat is Estelle.

'Gaat Odette het hondje strelen?' vraagt Stella. 'Lucky riekt dat ge braaf zijt.'

'Godvermiljaarde, stopt daarmee, stopt!' schreeuwt Maurice ter hoogte van het werkhok een resem échte vloeken.

Onmiddellijk springt de hond grommend op – de ijzeren ketting waarmee hij voor zijn hok aan een ijzeren ring in de grond verankerd zit, staat strakgespannen. Wild met de armen zwaaiend komt Maurice aangelopen. Lucky begint alarmerend te blaffen en Odettes hand verkrampt in Stella's hand.

'Wat peinst ge wel waar ge mee bezig zijt, kieken!' roept de man.

Stella probeert de hond te kalmeren. 'Shut, Lucky, koest, lig!'

'Ik kan mijn godverdoms gat nog niet keren of er gebeuren malheuren.'

De oren plat in de nek gaat het beest grommend liggen. Odette trekt plots haar hand terug. Stella ziet een flits van verbijstering in haar doffe ogen oplichten terwijl Maurice – de panden van zijn grijze werkkiel flapperen – naar hen toe beent.

'Ik had milledju toch gezegd dat ge d'r op moest letten, maar nee, 't is hier altijd van 't zelfde', bijt hij naar Estelle.

'Het is niets, Maurice', begint ze op hem in te praten. 'Ik zeg: "Kom, we gaan eens naar de hond kijken", en ze gehoorzaamt mij beter dan de hond zelf.'

Maurice luistert niet, maakt alweer een bruuske beweging, nog onduidelijk waarheen of waartoe. De dochter krimpt ineen terwijl de hond opspringt – wil Maurice haar slaan?

Onverwacht snel bijt Lucky hem in de kuit.

'Ai! Gij, vuil, smerig beest!' Hij wil Lucky van zich af slaan, maar het dier blijft grommend met de tanden in zijn broek haken.

'Af, Lucky, nu!' commandeert Stella.

De hond trekt zich terug. Er druipt bloed uit Maurice' gescheurde broekspijp.

'Razende hond!' Hij probeert het beest na te trappen.

'Laat dat, Maurice. Hij dacht dat ge ons wou aanvallen en hij heeft ons verdedigd.'

''n Hond kan niet denken!'

Maurice kijkt kwaad naar zijn kuit – een diepe vlees-
wond. Met het gezicht vertrokken van pijn graait hij zijn
dochter bij de pols.

'Ik moet dat subiet ontsmetten tegen hondsdolheid en
gijlie moet die valse hond laten afmaken!' zegt hij en hij
sleurt het kind mee. 'Kom, naar huis.'

Zijn dochter is al weer in een uitdrukkingloze, roze
massa veranderd.

'Wij hebben ook mercurochroom en verband in huis',
reageert Stella met nauwelijks verholen leedvermaak.

'Ge peinst toch niet dat ik hier in dit zottenkot blijf!'

Maurice sleept zijn dochter achter zich aan – de houten reuzin kan met haar minuscule pasjes het tempo van
zijn driftige stappen onmogelijk bijhouden.

De Dikke en de Dunne in een *Comedy Capers*, denkt
Stella.

'En moet ik die scheur in uw broek niet toenaaien!'
roept ze hem na.

Maurice neemt de kortste weg. Via de oprit naast het
huis, waar de voertuigen staan, loopt hij met zijn kolos-
saal kind door het hek de straat op.

Stella knielt bij de hond, maakt hem van de ketting los
en krabbelt hem onder de kin. 'Brave jongen, flink Lucky,
flink', fluistert ze.

Estelle voelt dat ze wordt bekeken. Ze blikt naar het
erkerraam. Ja hoor, het is meneer Koos die daar staat! Ze
zwaait uitbundig naar hem. Hij steekt zijn hand op en
trekt zich dan plots terug.

Op dat ogenblik rijdt de trein van 14.36 uur over het
talud achter aan de tuin Viersprong voorbij.

De imposant verhoogde spoorwegberm grenst aan de
oude tuinmuur, die met klimop en varens begroeid is en

op een middeleeuwse vestingwal lijkt, waarboven industriële elektriciteitskabels, betonnen palen en gigantische stalen pylonen uittorenen. Zwiepende boomkruinen uit het verwilderde bosje achter in de pensiontuin onttrekken het onderstel en de wielen van de trein aan het zicht. Terwijl de muur en het weelderige groen het harde, daverende geluid op de sporen bufferen, zijn bij het passeren alleen de locomotief en de ramen zichtbaar. Vanuit de tuin zie je de voorbijrijdende treinen als hoog door de lucht overvliegen.

Ter hoogte van Viersprong naderen of verlaten de treinen het vlakbij gelegen centraal station; ze jagen hier nooit in volle vaart voorbij. Zelfs doorrijdende internationale goederenwagons minderen vaart, waardoor het lawaai wordt verzacht.

Vanaf het terras kun je in een flits de passagiers zien zitten of staan, klaar om uit te stappen, en tegelijk wordt de reizigers een panoramische blik naar beneden geboden en een vluchtige inkijk – door het raam van de achteraan gelegen suite bijvoorbeeld.

Wie in Viersprong verblijft went vlug, na enkele dagen, aan de nabijheid van de trein. Gewoonlijk is de logé via het station hierheen gekomen – wandelend, koffer in de hand zoals de heer Polderdam. Het is maar tien minuten lopen. De meeste pensiongasten raken na verloop van tijd zelfs op de geruststellende aanwezigheid van het spoor gesteld.

Het is hier goed toeven, precies zoals in de nieuwe promotiefolder gedrukt staat. 'Pension Viersprong is het bloeiend familiebedrijf van de gezusters De Wolf. Mariëtte, Louise, Estelle en Judith zorgen voor gerieflijke kamers met alle modern comfort; dagelijks bereide smakelijke en voedzame maaltijden genuttigd in huiselijke gezelligheid en discretie. Viersprong is uitmuntend gelegen in een pracht-volle groene en rustige omgeving met het centraal station en alle snelle en moderne verkeerswegen op kuierafstand. Pension Viersprong is een uitgelezen oord voor zowel jonge, actieve personen als voor rustende ouderen, waar men een weekend, een maand, een jaar en zelfs het hele verdere leven kan doorbrengen. Alles in volledig pension en tegen zeer matige prijs.'

*

De dikke gele trosrozen in de border rond het terras bloeien nog na. Ze geuren sterker dan 's zomers.

Estelle veert op en loopt terug naar het werkhok – de hond komt houterig, als met tegenzin, achter haar aan tot voor de staldeur. Ze pakt de snoeischaar van het tegen de muur gespijkerde houten bord waarop Maurice zorg-zaam de omtrek van elk werktuig met witte verf heeft om-lijnd, om het overzicht te bewaren. Met de zijkant van haar duim strijkt ze voorzichtig langs de messen van de schaar. Vlijmscherp! Er komt direct een flinterdun door-schijnend velletje huid los, pijnloos en zonder bloed – al had een fraaie, heldere druppel bloed er voor haar part best bij gekund.

Als ze het hok uit komt, hoort ze de merel op zijn ver-trouwde boomtop fluiten – een goed voorteken – loopt naar de rozenstruiken bij het terras en begint hartstoch-telijk in de gele weelde te snoeien. De snoeischaar wil niet mee, die dingen werken nooit zoals het hoort als je links-handig bent. Om zich niet aan de doornen te prikken legt ze de bloemen voorlopig in het gras, waar Lucky er de wacht bij houdt.

Ze kan het niet laten om, half verscholen tussen de rozen, gedurig naar boven te gluren, naar de schaduwen achter het erkerraam van de suite. Ook al is daar geen beweging meer te zien.

Rare naam, Koos. Ik koos Koos, grapt ze in gedachten, Koos van kiezen en liefkozen. Hollandser kan niet, of toch wel: Kees, maar dat verwijst naar 'kezen' en 'kezen' is niet het meervoud van 'kaas', maar een werkwoord dat in het Hollands iets compleet anders betekent, iets veeleer voos als 'vossen' of 'vogelen' bij ons. Stella blikt vooro7 overgebogen in haar eigen gapende decolleté. Ziet ze eens blozen, ook zij kozen voor Koos, denkt ze. Alsof het een reclameslogan is voor een of ander degelijk en praktisch, modern, gestroomlijnd of onverslijtbaar product. Dames, kijk, ik bloos, ik kies voor Koos.

'Hé mijne jongen?' giechelt ze puberaal.

Louise werkt in de keuken van de sous-sol aan een decoratieve schotel. Ze prepareert een hors-d'oeuvre van restjes kip – van eigen kweek – en aardappelen, die ze, met hardgekookte eieren, in de mayonaise draait. Het gerecht wordt straks als extraatje met sla en tomaat – een welkomstgebaar voor de nieuwe logé – bij de zondagse broodmaaltijd geserveerd.

Ze heeft het kabaal in de hof gehoord, het gebrul van Maurice tegen de hond, twee beesten tegeneen op, vindt ze. Het is toch niet omdat hij af en toe een klus voor hen klaart dat hij ongelimiteerd op hun domein mag lopen? Ze zal er Mariëtte nog eens over aanspreken.

Louise opent ingetogen een blik asperges en draait de groente in plakjes gekookte ham. Vervolgens schikt ze de rolletjes zorgzaam op de schotel. Telkens weer op minutieus gelijke afstand van elkaar komt een rolletje naast een schijf tomaat te liggen. 'Tss... tss...' sist en slist het speeksel tussen de haar resterende tanden door.

Estelle komt met een grote bos rozen in haar armen de keuken in gelopen.

'Niet met die hond in mijn keuken!' reageert Louise verschrikt – alsof ze ogen op haar rug heeft. Haar schrille stem bezit een kracht die haar dunne lichaam niet laat vermoeden.

Lucky blijft op de gang voor de deuropening staan nog voordat Stella 'Buiten blijven, jongen' zegt. Zonder haar zus aan te kijken loopt ze door naar de dubbele gootsteen, waar ze de rozen voorzichtig neerlegt.

In de kast onder het aanrecht zoekt Estelle een vaas.

'Is ons Judith nog niet thuis?' vraagt ze, op haar knieën, hoofd in de kast, de schappen afzoekend.

'Als ge 'n vaas zoekt die groot genoeg is moet ge in de muurkast kijken', zegt Louise zonder van haar hors-d'oeuvre op te kijken.

Stella loopt naar de grote, ingebouwde kast.

'Vanonder, op de onderste plank rechts, helemaal vanachter', gidst Louise haar. 'Die gestreepte vaas, vlak voor uw neus Estelle, en hoe gij dat in 's hemelsnaam kunt verdragen, van met uw eeuwig blote knieën op die koude vloertegels te zitten...'

Stella let niet op Louises gevit. Ze pompt de vaas halfvol – regenwater is beter voor bloemen – en schikt er de rozen in.

'Waarvoor zijn die bloemen, Estelle?'

'Nou foor onze nieuwe gast, cheloof ik', imiteert Stella Mariëttes namaak-Hollands en ze loopt met het pronkstuk langs Louise, die de laatste hand aan haar voedsellandschap legt. 'En ik moet dringend uw haar nog eens doen, Wiske.' Ze lacht, boven op Louises vogelkruintje vertoont zich een uitgroei – minstens twee vingers breed! – van haar blondgeverfde grijze haren.

'Stella, nee!' gilt Louise.

Estelle heeft een schijfje tomaat van de schotel geplukt en direct in haar mond gestopt. Louise kreeg niet de tijd zus op de vingers te tikken. De symmetrie van haar gerecht is nu lelijk verstoord.

'Mmmmm', overdrijft Estelle.

'Houdt toch eens uw manieren, Estelle!' berispt Louise haar.

'Wiske, ik ga vanavond dekken en opdienen', zegt Stella brutaal. Ze slikt het stuk tomaat met smaak door en loopt zonder op antwoord te wachten de keuken uit naar de eetkamer, het boeket triomfantelijk voor zich uit. 'En gij naar de hof, vooruit jong', beveelt ze de hond.

Alleen in de keuken begint Louise te klagen om het eten, haar kunstwerk, door Estelle verprutst. De zotte blaar, wanneer wordt ze eindelijk volwassen?

*

Klokslag 19.00 uur rinkelt Mariëtte het belletje in de traphall. Vervelend, dat Judith niet op tijd thuiskomt.

Ze draagt dan maar zelf, samen met Louise, de goedgevulde schotels naar de tafel in de eetkamer.

Het flamboyante boeket bij de nieuwe zitplaats springt de zussen direct in het oog – Estelle zit glunderend aan de kop van de tafel naast de nog lege stoel.

Ondertussen nemen de pensiongasten hun vertrouwde plek in.

Aan de tafelzijde, vanwaar je zicht op het terras en de tuin hebt, de geprivilegieerde of 'beste tafelkant' genoemd, zitten van rechts naar links naast elkaar: de oude weduwe Agatha De Roeck, pensionaire voor het leven of wat er nog van rest, de heer Opsomer, een relatief nieuwe klant van midden dertig die iets met veevoeders en varkens doet, en de heer Sorgeloos, oudgediende van bijna vijftig, voyageur in textiel met een groot hart en een nog grotere mond.

Gaston Sorgeloos is een eind opgeschoven. Zijn vroegere plek naast juffrouw Estelle werd voor de nieuwkomer gedekt.

Aan de overzijde, de zogezegd 'mindere tafelkant', waar je met de rug naar de tuin en het gezicht naar de duistere zithoek en binnenmuur eet, zitten Nicola Galli en Lamberto Esposito, twee Italiaanse gastarbeiders die samen een kamer delen.

Het evenwicht aan tafel is helemaal verstoord, Mariëtte ziet het direct.

Vier goed betalende, gestudeerde personen zitten tegenover twee mindere of minder gegoede werkmensen. Lamberto en Nicola tafelen wel erg luxueus ruim met hun tweetjes. Wat een onverantwoord domme streek van Estelle, hoe kan ik die flater nog goedmaken, peinst Mariëtte.

Ze gaat achter haar stoel klaarstaan voor het welkomstwoord.

'Ach, juffrouw Estelle, en ik die dacht dat die schone bloemenkee voor mij bestemd was, ik zit nu ineens zo ver van u', grapt Sorgeloos goedmoedig.

Ik kan toch bezwaarlijk die vaas oppakken en naar de overkant van de tafel verplaatsen, naast de Italianen, flitst het door Mariëttes hoofd, en ik kan de suitebewoner toch niet naar de mindere tafelkant verhuizen en ik kan...

'Waar blijft ons Judith in 's hemelsnaam', sist Louise haar toe.

Stella zit nog op haar eentje aan het hoofd van de tafel te gloriëren.

'Ze heeft getelefoneerd dat het trouwfeest uitloopt', fluistert Mariëtte.

'Waarop wachten we?' vraagt mevrouw De Roeck ongerust.

'Onze nieuwe gast is nog niet beneden', zegt Mariëtte.

'De mens zal in slaap gevallen zijn van vermoeienis', antwoordt Louise.

'Ik zal wel op meneer zijn kamerdeur gaan kloppen.' Stella is al weg, de deur door, tik tik tik tik op haar hakjes over de tegels huppend voor Jet haar dat kan beletten.

'Mag ik alleman vragen van te wachten met eten tot als we voltallig zijn?' Mariëtte doet haar best om vriendelijk te glimlachen.

'Dat is zeker dat, juffrouw Mariëtte', zegt Sorgeloos. 'De koude plat zal ondertussen niet afkoelen, haha!'

'Wachten we op juffrouw Judith?' vraagt mevrouw De Roeck.

'Juffrouw Judith speelt een concert voor een huwelijk dat wat langer duurt dan verwacht', zegt Mariëtte tot haar gasten, alsof de jongste zus een hooggewaardeerd artieste is geworden.

Estelle komt kwiek de eetkamer binnen, Polderdam 'n beetje verfomfaaid achter haar aan.

'Excuus, excuseer me', mummelt de man. 'Ik was ingedommeld.' Er loopt een rode link over de ene helft van zijn gezicht, van zijn slaap over zijn wang naar zijn kin, de indruk van een kreukelige vouw in het gesteven laken wellicht.

In zo korte tijd kan tussen die twee niets oneerbaars plaats hebben gevonden, hoopt Mariëtte – helemaal zeker zijt ge natuurlijk nooit.

'Goed, we kunnen kennis met elkaar maken', zegt ze bijna plechtig.

De Nederlander begint vormelijk handen te schudden. 'Goedenavond heren, Koos Polderdam, aangenaam.'

Mariëtte haast zich het correcte verloop van de kennismaking op zich te nemen.

'Meneer Polderdam, mag ik u voorstellen aan de heren vertegenwoordigers Sorgeloos en Opsomer.' Ze wijst de gasten met een theatraal gebaar aan. 'En aan madame De Roeck, zij is onze dame op rust en aan onze buitenlandse gasten Nicola en Lamberto. En last but not least...' Mariëtte verheft haar stem terwijl ze haar hand op Louises tengere schouder laat rusten. '...mag ik u onze zuster presenteren – cheffin-kokkin van Viersprong, mejuffer Louise De Wolf – al het lekker eten dat ge gaat proeven wordt hier door haar frêle hand bereid. En toch blijft ze mager en gezond!' grapt Mariëtte.

Onbekenden schrikken altijd wanneer ze Louise voor het eerst zien, ze denken steevast dat het mensje hun oude moeder is of doodziek of een *anomalie* – iets van dien aard vertrouwde een logé op kort verblijf Mariëtte ooit toe, iemand uit de farmaceutische industrie. 'Anomalie: wezen waarvan het een wonder mag heten dat het in leven blijft en normaal functioneert', vond ze in een van papa's medische handboeken terug.

Het is ook werkelijk een wonder dat Louise nog leeft. Een mirakel door papa, dokter Henri De Wolf, bewerkstelligd. Toen mama, Margaretha De Nayer, op 5 oktober 1936 voortijdig aan kanker stierf, nam Mariëtte als tweeentwintigjarige de zorg voor haar jongere zusjes op zich: Louise was negentien, Estelle tien en Judith nog geen drie jaar oud.

Dokter De Wolf had zijn eigen vrouw, de moeder van zijn kinderen, niet kunnen genezen. Niet met de reguliere allopathie, niet met de homeopathie. De natuur had hem in de steek gelaten.

Tot overmaat van ramp werd dokter De Wolfs tweede dochter, Louise, zes maanden na mama's overlijden ziek. Wekenlang zweefde ze tussen leven en dood als gevolg van een zware, vooralsnog onbekende infectie die wellicht tbc-gerelateerd was. Ook haar hart werd door de ziekte aangetast. De ziekenhuisdokters hadden Louise opgegeven en toch slaagde vader De Wolf erin zijn kind van de dood te redden, met homeopathie en natuurkruiden nog wel.

Die triomf bleef bitter en beperkt. Was Louise voor haar twintigste een zachte, mooie, lieflijke blondine die erg op haar moeder geleek, toen ze van haar ziekbed recht krabbelde bleek ze nog maar een schimmige afspiegeling van haar vroegere zelf. Het bijna engelachtige meisje was veranderd in een graatmager ouwelijk wezen met doorschijnende huid. Ze zou nooit meer dan veertig kilo wegen.

Toch was Louise gelukkig met het broze leven dat haar werd teruggegeven. Volgens haar dankte ze de wonderbaarlijke genezing op de allereerste plaats aan die andere Vader, de Almachtige, tot wie ze wekenlang ijlend had gebeden.

Ze moest vaak rusten en te bed liggen, maar kon het lichtere werk aan en leerde lekker te koken. In de beschermende huiselijke omgeving van het pension dat papa bij het uitbreken van de oorlog begon, kwam ze ondanks haar blijvende handicap vlot onder de mensen.

Mariëtte geeft met een knikje aan dat Estelle – zonder Judith dit keer – de gasten kan bedienen, zegt: 'Smakelijk eten, beste mensen!' en gaat statig zitten.

Met de grote schotel op haar voorarm in evenwicht balancerend houdt Stella eerst de nieuwe gast het lekkers voor.

'Dit ziet er alvast veelbelovend uit, dame!' reageert Polderdam verrast.

Elkeen neemt van de hors-d'oeuvre zoals hem of haar belieft.

Naast de karaf kraantjeswater en het zoete tafelbier staan er nog twee flessen Franse landwijn op tafel. Dranken zijn niet inbegrepen in de prijs van het menu. De dagprijs met vol pension omvat drie maaltijden en bedraagt niet meer dan gemiddeld 99 Belgische frank.

De wijn wordt dit keer uitzonderlijk gratis aangeboden, als welkomstattentie.

Iedereen eet en het wordt vredig stil.

Alleen Estelle, voor wie een strikt alcoholverbod geldt, werpt begerige blikken van de wijn naar het mooie profiel van de man aan haar zijde en weer terug.

2

'Van 't moment dat we "Buona sera signorina" inzetten, was het gedaan met de trac, de zenuwen vielen van mij af – Stella, ge kunt niet geloven hoe plezant dat is, een écht optreden, voor publiek! Spelen is de hemel op aarde, jong, ik zou van mijn leven niets anders meer willen doen. Het was precies of ik kreeg vleugels en ik ging opstijgen...'

Judith kan er niet over zwijgen, ze is vol van zichzelf en The Telstars, het driekoppige bandje – een drummer, een gitarist en zij, die als debutante op trekharmonica de oude, door een hartaanval gevelde accordeonist vervangt.

'Het geeft niks als ik af en toe een fout maak, dat is normaal als ge begint, zeggen ze. Guy en Etienne vangen dat als geroutineerde muzikanten wel op en spelen daarover of ze geven er 'n draai aan alsof het zo moest zijn...'

'Zoudt ge mij geen handje toesteken?' Estelle worstelt met het gesteven laken dat over de matras moet worden gespreid. De kamer van de Italianen is pas de eerste die ze verschonen en het is al over negen.

Judith neemt de onderkant van het krakend nette beddenlaken.

'Een vrouw bij het orkest is ontegensprekelijk een meerwaarde, aantrekkelijk om te zien en zonder een kwaad woord te zeggen over Tuur, die voor zijn attaque vol ambiance musiceerde, ben ik tegelijk ook een verjongingskuur voor The Telstars', babbelt ze erop los terwijl ze met Estelle het laken strak trekt en de hoeken ervan stevig instopt onder de matras.

'Ze zeggen dat ik een natuurtalent ben', kletst Judith verder terwijl ze routineus met haar zus het bed opmaakt. 'De flair waarmee ik op een podium sta, zeggen ze, gaat ervoor zorgen dat we in het vervolg veel meer gevraagd gaan worden, surtout door het jong volk. En we gaan op termijn onze playlist up-to-date maken, moderne liedjes slaan beter aan, Guy en Etienne vinden dat goed. Ik kan bijkans niet wachten om straks weer te oefenen, omdat ik voel dat het alsmaar beter gaat. Ik ben zot van de trekzak, ge kunt er alles op spelen, van volksmuziek, blues, Franse musette, wals, swing, noem maar, van rock-'n-roll tot klassieke opera. Wat 'n schone klanken, als muzikant moet ge uw instrument gaarne zien, zeggen Guy en Etienne, de rest komt dan vanzelf...'

Guy en Etienne, Guy en Etienne, ge hebt ze precies ingeslikt, denkt Stella. Ze luistert al niet meer naar Judiths verhaal – de muziekrage zal wel weer rap overwaaien, net als al haar eerdere bevliegingen: toneelspelen, koorzang, avondlessen snit en naad en schilderen aan de academie.

'Wat heeft ons Jet ervan gezegd, dat ik zo laat thuis was?' Judith stropt nerveus de zak met vuil wasgoed dicht.

'Niets, nog niet, ze denkt dat ge de muziek wel rap beu wordt, zeker?' En nu ze onverwacht toch enige ruimte krijgt, zegt Stella er gauw bij: 'Ik heb u gemist, Judith.' Ze laat opzichtig pruilend haar lip hangen. 'Hoe kunt ge mij zo in de steek laten, Kik!' En ze sleept de waszak de gang op.

'Komaan, Zuskeje, dat méént ge niet!' Judith speelt het oude kinderspelletje onmiddellijk mee. Ze loopt koddig fladderend achter Estelle aan.

'Kik blijft jou altijd trouw...' zingt Judith, nogal vals – jammer toch, als ze toonvast was, zou ze bij The Telstars ook kunnen zingen.

Estelle klopt kort aan en opent de deur van de suite, zíjn kamer. Ze heeft nog niets over Koos kunnen vertellen, haar zus heeft de nieuwe huurder nog niet eens gezien.

'Hier alleen het bed opmaken', zegt ze droog.

Het erkerraam staat een stukje open, het bed werd slordig dichtgegooid en er zijn geen persoonlijke voorwerpen in de kamer achtergelaten – Stella ziet het in één oogopslag. Op het bureautje ligt een dikke classeur.

'Wat i-is er, wat heeft Kik u mis-daa-aan?' fleemt Judith.

Zwijgend trekt Estelle sprei, laken en dekens naar het bedeind. Ze klopt het kussen – zíjn kussen, hier rustte zijn hoofd. Toen ze Koos bij aankomst was komen wekken, had hij slaapdronken de deur voor haar opengedaan en hij had haar aangekeken. Zíjn blik, onbewaakt en ontwapenend. Ze geeft een laatste duw in het malse hoofdkussen en legt het precies in het midden op het onderlaken.

De zussen vouwen samen de boord van het bovenlaken om de wollen deken heen, en bevestigen de zijkanten strak tussen matras en beddenbak.

'Zeg het dan,' dringt Judith aan, 'met uw mysterieus zwijgen!

Estelle, de lippen op elkaar, drapeert de vederlichte nylon sprei over het bed.

'Ik denk dat ik verliefd ben...' fluistert ze.

'Nee!' zegt Judith, tussen gespeelde verbazing en dubbelhartig ongeloof in. Net op tijd kan ze het 'wééral' inslikken, maar een grimas kan ze niet onderdrukken.

'Toch wel, Judith.' Stella bijt op haar onderlip, haar wangen gloeien.

'De nieuwe?'

'Koos, Koos Polderdam, ingenieur in de Pictahol en 'n schone, schone, schone man', bekent Estelle ernstig aan haar kompaan.

Allee hopla, daar gaan we weer, denkt Judith. Ook als de nieuwe een afzichtelijk lelijke vent blijkt te zijn, zal zus hem nog mooi vinden, zo zit ze in elkaar. Stella heeft het nodig verliefd te zijn. Of het nu op een échte of een zelfgefabriceerde man is speelt voor haar geen rol, en of ze daar nu gelukkiger door wordt of niet evenmin. Zoals met de smerige bok – hoe heet hij ook weer – die haar aan het lijntje hield, vernederde en bedroog. Ze vond hem, de lelijkaard, ook altijd 'zo'n schone, schone, schone man' en heeft alleen verdriet om de klootzak gehad. Het achterbaks, vuil manneke, denkt Judith.

Stella loopt naar de secretaire en knipt de dikke informatiemap open. Met in haar ene hand de stofvod als een vaantje geheven slaat ze enkele bladen om: foto's en tekeningen van ingewikkelde machines in dwarsdoorsnede, met veel cijfers, nummers en letters. Als er niet 'weefgetouw' of 'spoelmachine' boven gedrukt stond, zou geen mens kunnen vermoeden waartoe zulke vreemde apparaten konden dienen. Spijtig, niet één kanttekening van zijn hand te vinden, ook de papiermand is leeg.

'Ge hadt ons Jet moeten zien gapen! Ik heb de tafel gereorganiseerd, en het zo gefikst dat Koos vlak naast mij zit!' begint Estelle te babbelen. 'Ze durfde er niets van te zeggen.' Ze giechelt als een schoolmeisje dat de directrice heeft gefopt en aan haar straf is ontsnapt.

Ze sluit de map, strijkt er bedachtzaam, teder bijna, met de stofdoek over.

'Ik ben Alfred vergeten. Ik koos voor Koos', zegt ze.

'Chance dat ge die griezel uit uw kop gezet hebt', zegt Judith.

Stella lacht, licht en klaterend.

'Ge moet Alfred niet zo noemen', zegt ze koket.

Alfred Vandewalle liet zich door Estelle Freddy noemen, herinnert Judith zich, beweerde dat hij diplomaat was en connecties had in de hoogste kringen – dat zal wel, met de naam van een kruidenier, zeker.

'Hoe dan? "Smeerlap" misschien?'

'Maar, Judith...' sputtert Stella bijna flirterig tegen.

'Een regelrechte klootzak was hij!' zegt Judith fel.

'Zegt toch geen dingen die ge niet weet.'

'Ge hebt ervan afgezien en hij was u niet waard...'

Stella laat haar stem zakken. 'Het kon nooit iets worden tussen Freddy en mij, hij was met handen en voeten gebonden aan zijn functie', fluistert ze hees.

'Aan zijn lul, ja!' bijt Judith bits. 'Als het deze keer maar niet weer van hetzelfde is', ontglipt haar.

'Kikkie!' Stella is niet echt kwaad, ze speelt haar verontwaardiging.

'Komaan, De Roecks mesthoop wacht', zegt Judith en ze stapt kordaat de gang op.

'Ge zijt toch niet jaloers, zeker?' plaagt Stella.

'Ik wil niet afhankelijk zijn van een vent!'

'Gij zijt er afhankelijk van twee, of zijn Guy en Etienne geen venten misschien?'

'Mij gaat het om de liefde voor de muziek, Zuskeje.'

Mevrouw De Roeck komt over de trapleuning kijken waar de juffrouwen zo lang blijven. Tijdens het schoonmaken kijkt ze vanaf de gang in een stoel gezeten nauwlettend toe.

'Ha, meiskes, zijt ge daar?'

'Ja ja, madame De Roeck, we komen af!' zegt Judith. 'Ik hoop voor u dat het deze keer de ware Jacob is', fluistert ze. Estelle kan toch niet altijd achter het net blijven vissen.

'De ware Koos, ik koos Koos', kirt Stella.

'Och, kieken.' Judith lacht ondanks zichzelf. 'Gij zot kieken!'

Giechelend als bakvissen lopen ze samen de trap op.

Op de tweede verdieping, waar de oude De Roeck al op haar stoel voor haar kamerdeur zit, tonen ze hun ernstige uitgestreken gezicht.

Hoewel Estelle zeven jaar ouder dan Judith is, gedraagt ze zich nog altijd kinderachtig onnozel. Is er dan geen verschil tussen naïef, dom of stom zijn? Op een namiddag was hij, Alfred, onaangekondigd Judiths kamertje binnengekomen – hij maakte zijn verdoken rendez-voustjes met Estelle gewoonlijk in het washok, papa's vroegere laboratorium in de tuin, of in de linnenkamer, en bleef bijna nooit in Viersprong overnachten.

Die middag stond Judiths kamerdeur open terwijl ze vluchtig aan het opruimen was geweest. Ze had tevergeefs opnieuw en opnieuw geprobeerd een lucifersdoosje te tekenen in voor-, boven- en zijaanzicht, gesloten en opengeschoven – een opdracht van de avondschool van de academie. Ondanks haar aanvankelijke enthousiasme hadden de schetsen nergens naar geleken, het resultaat was een miezerig blad vol vuile vegen. Ze had het prutswerk verscheurd en teleurgesteld het tafeltje afgeruimd.

Ineens stond hij achter haar. Hij legde zijn handen op haar heupen. Judith schrok en draaide zich om.

Hij, de snor, Vandewalle, glimlachte naar haar en zei: 'Dag schoonheid', trok haar tegen zich aan en begon haar achterste te kneden en te masseren.

Ze was zo verrast dat ze niet had gereageerd, toch niet dat ze het nog weet. Ze had niet gesproken of geroepen, kon zich alleen het vage beven van haar leden herinneren. Hij moet haar angst als aanmoediging ervaren hebben, want hij ging rustig door met wat hij deed en had in korte tijd haar rok opgestroopt. Waarom droeg ze toch een rok, uitgerekend op dat moment? Anders draagt ze meestal een lange broek.

Ze herinnert zich dat ze op bed lag en zich de onderbroek liet afstropen.

In deftig driedelig kostuum met das en bijpassende schoenen en al streek hij ook op bed neer, het hoofd met de zwaarbesnorde neus tussen haar dijen. Daar beet, likte en zoog hij haar geslacht, alsof het de meest normale activiteit van de wereld was. Een man als hij hoorde een vrouw als zij aldus te behandelen.

Hij had zijn penis met één stoot in haar zeiknatte schede gebracht en was boven op haar liggend begonnen te pompen. Kort en krachtig blies hij daarbij zijn hete adem over haar gesloten gezicht. Zijn snor rook naar kut, haar kut. Hij kreunde even en het was voorbij.

Met een witte zakdoek veegde hij zorgvuldig zijn lid droog, sloot zijn gulp, zuchtte: 'Gij, lekker brokske', en liet haar op bed achter.

Judith was te zeer verbouwereerd om te reageren. Het was ook allemaal vliegensvlug gegaan, gebeurd en gedaan, in enkele minuten.

Een eeuwigheid later was ze van het bed opgestaan, had water uit de lampetkan in de waskom gegoten en zich onderaan gewassen.

Dit was de tweede keer dat een man *het* met haar had gedaan – de daad, en al was het de eerste keer niet bepaald prettig geweest, het had haar nog de verwachting naar ander en beter gelaten. Ze was tweeëntwintig geweest en haar vriendje was een al even maagdelijk stuntelende jongen.

Deze tweede en laatste keer deed haar walgen, van zichzelf, de man en de handeling tegelijk.

Diezelfde dag was hij, nadat hij zich aan haar had vergrepen, rustig de gang door gelopen om naar het linnenkamertje op de tussenverdieping te gaan, waar hij om vier uur met Estelle had afgesproken.

Zuskeje had Kik het relaas van die romantische stoeipartij uitvoerig beschreven.

3

De neven Lamberto Esposito en Nicola Galli zitten als altijd wanneer ze daartoe de gelegenheid hebben – dat is jammer genoeg uitsluitend op zondag – als eersten in de eetkamer aan tafel voor het gemeenschappelijke maal.

In hun hagelwit gesteven overhemden, kleurige dassen, strak in het pak, zien ze eruit als twee echte heren, om door een ringetje te halen.

Hun maandlonen gingen vroeger bijna helemaal – op de pensionkosten na – naar nieuwe kostuums. Zo goedkoop is een twee- of driedelig pak in België! Zovéél geld kun je hier in tegenstelling tot in het thuisland verdienen! Ondertussen hebben ze elk niet minder dan negen pakken in voorraad en dat moet volstaan; die kunnen ze de eerstkomende jaren onmogelijk nog verslijten.

De jonge mannen praten geanimeerd luid hun Italiaanse patois. De gezamenlijke zondagmaaltijden zijn voor hen een feest.

Nicola, de jongste, met het engelengezicht, heeft een elpee op de platendraaier gelegd. Juffrouw Mariëtte geeft daar op zondag toestemming voor. Echt luid mag de muziek niet spelen, omdat de gasten tijdens het eten een beschaafd gesprek moeten kunnen voeren. Bovendien krijgt juffrouw Louise, de halve heilige, erg gemakkelijk hoofdpijn. Zolang ze in de achterkeuken aan de maaltijd werkt, mogen de muziekliefhebbers hun hartje ophalen.

Niet dat het een uitgebreide platencollectie betreft, wat opera en operette, een enkele plaat voor trekharmonica met een potpourri van volkse deuntjes – eigenlijk meer een soort van oefenplaat voor Judith sinds ze een passie voor de trekzak heeft opgevat. Hoe dan ook, de Italiaanse jongens hebben genoeg aan een krakende *Rigoletto.*

Iedere zondag, 's middags én 's avonds voor het eten, schalt het stuk door de luidspreker van het muziekmeubel. Sommige passages zingen de jonge mannen hartstochtelijk mee. 'La donna è mobile, qual piuma al vento...'

Dan is het gek genoeg Lamberto, robuust en getrouwd en vader van een zoontje in het verre Calabrië, die met hoge falsetstem op hemelse wijze meezingt terwijl de engelachtige Nicola laag en slepend meebromt.

De pensionbewoners zijn met dit ritueel vertrouwd, het bezorgt de Italianen een warm, weemoedig gevoel.

Zodra iedereen aan tafel zit, draait Nicola gehoorzaam de volumeknop naar beneden.

In het midden van de tafel staan inox schalen met kaas, ham – gekookte en gerookte – crèmepaté, volle broodmandjes, koffie en thee.

Juffrouw Estelle en juffrouw Judith schenken soep – tomatensoep met balletjes. Stella schept niet minder dan zeven, geluksgetal, soepballen in Koos' bord.

Louise en Mariëtte maken het kruisteken, gevolgd door mevrouw De Roeck en de diepgelovige neven. Er wordt in stilte een kort gebed voor het eten gebeden.

Gaston Sorgeloos slaat vluchtig een kruis mee en wendt zich opnieuw tot zijn buren links en rechts aan tafel. 'De commercie heeft er nog nooit zo goed voor gestaan, mijn gedacht.' Hij neemt een snee brood en reikt gelijktijdig naar de verse boerenboter. 'Verbetert mij als ik verkeerd ben, mijnheren.' Hij smeert het brood rijkelijk.

'Zeer juist, de technologische revolutie zorgt voor een opleving van handel en nijverheid, dat gebeurt wereldwijd', antwoordt Opsomer. Hij neemt een lepel tomatensoep en vist uit zijn bord een vleesballetje, waarop hij aandachtig proevend begint te kauwen.

'Precies heren, wereldwijd, er zijn immers geen grenzen meer', beaamt Koos Polderdam enthousiast. 'Pictahol heeft vertegenwoordigers in de Verenigde Staten en Canada, in Brazilië en de Filipijnen, Turkije is momenteel onze nieuwste afzetmarkt en in Joegoslavië hebben we ondertussen het monopolie op de weefgetouwen veroverd', zegt hij alsof hij dat allemaal persoonlijk heeft verwezenlijkt.

Estelle kijkt van Koos' mooie profiel naar Opsomers hoofd – ze kan Opsomer, onmiskenbaar een voorname heer in houding en voorkomen, toch onmogelijk knap of aantrekkelijk vinden in vergelijking met Koos. Een overweging die haar geruststelt – het is niet zo dat zij voor de eerste de beste man valt, wat haar zussen ook mogen insinueren. Uit jaloezie of uit angst waarschijnlijk. Nee, ze moet liefde voelen, verliefd zijn, en sinds Alfred is ze niet meer zo verliefd geweest.

'Mijn complimenten voor uw goddelijke soep, juffrouw Louise', zegt Aloïs Opsomer attent. Hij veegt zijn mond schoon met het servet. 'Zijn de balletjes van varkens- of rundsgehakt gedraaid?'

'Merci meneer', zegt Louise. 'Ik gebruik altijd de twee, half om half',

Opsomer knikt. 'Dat dacht ik al, ja...'

'Momenteel wordt de ene na de andere nieuwe productielijn in bedrijf genomen', zegt Koos Polderdam energiek. 'Ik kan het als instructeur haast zelf niet meer bijhouden. Kijk, terwijl ik jullie, Belgen, kom onderrichten over gebruik en onderhoud van de nieuwste weefgetouwen, zijn onze concurrenten in Zwitserland, Ruti en Sauer, alweer een nog moderner versie aan het fabriceren.'

'Wij zijn toch goed in talen, ons Frans, ons Duits, ons Engels – niet dat ik uw capaciteiten onderschat, meneer Polderman – maar kan een Belg die opleidingen hier niet geven?' vraagt Gaston Sorgeloos, eerlijk verrast.

'Polderdam, ik heet Polderdam, meneer Sorgeloos.'

'Sorry, ik heb me missproken, meneer Polderdam.'

'Een Vlaamse Belg zou dit werk misschien ook kunnen doen, maar mijn correct algemeen beschaafd Standaardnederlands is uiteraard een extra troef. De talenkennis van de Belg is toch vooral tot het Frans beperkt, terwijl wij Nederlanders zeg maar doordesemd zijn met het Engels, de taal van de toekomst.'

'Ja, zeker weten, zo is dat', steunt Estelle Koos vol overtuiging – als een Belg zijn baan had gekregen, had ze hem nooit ontmoet, daar wil ze niet aan denken!

Mariëtte zucht. Een broekventje recht van de Nederlandse universiteit komt hun hier de les spellen, alsof hier te lande geen geleerde koppen genoeg zijn! Ze vraagt: 'En hoe zit dat in uw branche, meneer Opsomer?'

De heer Opsomer is niet de eerste de beste reizend vertegenwoordiger, maar meer een intellectueel, een gedistingeerd heer, stil en toch welbespraakt, attent, en voorkomend. Hij werkt samen met de universiteiten van Leuven en Gent, weet ze, en is meer man van de wetenschap en de techniek dan gewoon commerçant. Opsomer straalt degelijkheid en kracht uit, vindt Mariëtte, mannelijkheid ook.

Tersluiks kijkt ze richting tafelhoofd aan de overkant, waar Estelle zich naast Polderdam aanstellerig zit te gedragen.

Hoe kan haar zus zo hoog oplopen met die Hollander, zo in vuur en vlam staan voor hem, zoveel opgepompte eigendunk? Vergeleken met Aloïs Opsomer is Polderdam niet meer dan een omhooggevallen opschepper.

'Meneer Opsomer?' vraagt Mariëtte.

Heeft hij haar niet gehoord?

'Meneer Opsomer?'

De heer heeft net zijn mond vol en kan voorlopig alleen beleefd knikken.

Lamberto Esposito kijkt juffrouw Mariëtte aan, bezorgd en verlegen, wendt dan de blik gauw weer af naar de boterham in zijn hand. Hij begrijpt niet altijd alles wat er aan tafel wordt besproken, maar hij voelt veel dingen aan.

'Zal ik u nog wat toespijs serveren, meneer Koos?' vraagt Estelle zacht, de dienvork gereed in de hand, klaar om de fijne vleeswaren voor hem op te prikken. Ze werpt hem een zwoele blik toe.

Mariëttes tenen krullen in haar schoenen.

'Wat wilt ge nog, meneer Koos?' fluistert Stella hees.

'Ham, graag.'

Stella bedient hem van de geurige versgekookte ham alsof het een rib, een bil of een ander stuk uit haar lijf is.

'Dank u, één plakje volstaat, juffrouw.'

Even raakt Koos zacht haar voorarm aan ter hoogte van de pols en Stella voelt hoe het vlammende vuur uit zijn vingertoppen haar huid schroeit.

'Een sneetje is al genoeg', glimlacht ze en ze legt de tweede plak vlees terug op de aluminium schaal.

'"Hesp" vind ik een erg leuk Vlaams woord', vertrouwt Koos haar toe. Met zijn hoofd dicht bij haar hoofd klinkt het als een liefdesverklaring. Even is het alsof Estelle samen met haar nieuwe geliefde op een eilandje zit, op een paradijselijke plek in de woeste zee van de anderen.

'De mondiale evolutie heeft natuurlijk een alsmaar stijgende rendabiliteit tot gevolg', hoort Mariëtte de heer Opsomers discours. 'Dat is voor mij de grote uitdaging voor de toekomst van de veevoederindustrie.'

Hij veegt zijn mond schoon met het servet en richt zich tot Mariëtte. 'Ik zal u meer vertellen, juffrouw.'

Hij blikt de tafel rond, onderzoekend of hij behalve de hare wel degelijk ieders aandacht heeft. 'Want laat ons niet vergeten dat de Europese Economische Gemeenschap binnen luttele jaren werkelijkheid wordt.' Opsomer spreekt alsof het onomstotelijk in kapitalen gedrukt staat.

'Zijn wij als klein landje daarop voorbereid?' vraagt hij zijn toehoorders.

'Zegt u het eens, meneer Opsomer?' antwoordt Mariëtte.

'Kijk, als onderzoeker participeer ik in een internationaal experiment dat zal leiden tot spectaculaire groei van onze vleesproductie, met een vanzelfsprekende prijsdaling gekoppeld aan een toename van de vleesconsumptie tot gevolg.' Hij wacht even, om zijn stelling tot iedereen te laten doordringen.

Mariëtte glimlacht innemend. 'Dat is heel interessant, meneer Opsomer. Mag ik vragen wat u precies als onderzoeker voor de vleesnijverheid doet, u werkt toch ook voor de universiteit?'

'Inderdaad juffrouw, ik ben wetenschapper en mijn vakgebied is *beren*', antwoordt de man een beetje hautain met een speelse glimlach om de mond. Hij neemt een teugje koffie en zet het kopje minutieus terug op het schoteltje.

'Beren!'

'Wat, zegt hij, beren?'

'Bruine of witte beren?' zegt Sorgeloos olijk. 'Meneer hier werkt eigenlijk voor de zoölogie!'

'Beren zijn mannelijke varkens en biggen. Mijn specialisatie is meer bepaald de fertiliteit of vruchtbaarheid van beren', verklaart de wetenschapper.

Hij geniet van de plotse belangstelling. De anders zo zwijgzame, wat gesloten man begint met aangenaam warme stem te vertellen.

'Ik bestudeer een experiment dat 'n paar jaar geleden voor het eerst in Rusland is uitgevoerd. Daar werden bij zeven miljoen beren, mannelijke varkens dus...' glimlacht hij minzaam, '...de teelballen verwijderd. Castratie is een eenvoudige ingreep, een kleine insnede in de balzak waardoor aan het eind van de rit zeven miljoen varkens méér voor consumptie konden vrijgegeven worden', legt hij met stijgende begeestering uit.

'In Rusland, zegt ge, doen ze dat bij de communisten?' schrikt mevrouw De Roeck.

'Een woordje uitleg voor de leek is wel op zijn plaats, geloof ik.' Opsomers ogen blinken. 'Het vlees van de *beer*, het volwassen, geslachtsrijpe mannelijke varken, is niet geschikt voor consumptie. Het ruikt en smaakt niet lekker en het wordt daarom niet verkocht. Wij eten alleen het vlees van zeugen en biggen.' Hij wijst naar de dienschalen waarop restjes ham en paté liggen.

Het wordt gênant stil aan tafel. De trein die achter het pension voorbijrijdt, veroorzaakt uitzonderlijk veel kabaal.

'Maar allee!'

'Wat? Wat dat?'

'Hoe bedoelt ge?'

'Tiens! Dat is nu écht waar het eerste dat ik daarvan hoor, meneer Opsomer!' zegt Mariëtte, bij wie het begint te dagen: als van mannelijke varkens het geslacht wordt weggenomen blijven ze lekker smaken. Het kan niet beletten dat haar mond van verbijstering openvalt. De mooie, grote tanden in haar weke mond worden zichtbaar en op haar wangen komt een blos. Lamberto kijkt juffrouw Mariëtte geschokt aan.

'Mijn onderzoeksprogramma bestudeert de concrete gevolgen van vroege castratie bij mannelijke biggen op de leeftijd van acht dagen', zegt Opsomer, die zich waardig bewust is van enerzijds het innovatieve belang van het onderzoek, anderzijds de onmiddellijke impact van zijn mededeling.

'Acht da-agen?' Het is Estelle die opschrikt.

Heeft ze het goed gehoord – ze was in gedachten verzonken geweest, probeerde onder de tafel, beschut door het overhangende tafellaken, met haar knie de broekspijp van Koos te voelen en aan te raken, en is niet helemaal zeker van wat er werd verteld – gaan ze biggetjes van acht dagen steriliseren? Meneer Opsomer zal zich missproken hebben, hij zal wel acht maanden bedoelen.

'Jazeker, juffrouw Estelle, acht dagen, iets meer dan 'n week, en dat absoluut zonder enig neveneffect!' verzekert Opsomer haar.

Estelle slaat instinctief haar hand voor haar mond, met ogen groot als schotels kijkt ze de keurige Opsomer aan.

43

'Wij sturen acht dagen na de geboorte de snijder naar het varkenshok!' voegt hij er in begrijpelijker taal aan toe.

'Nee!' Het is bijna een snik. Stella's ogen beginnen te prikken.

'Geen nood, juffrouw, ons onderzoek zal wetenschappelijk aantonen, één: dat de ingreep inderdaad zo vroeg mogelijk moet uitgevoerd worden, en twee: dat die vroege ingreep uitsluitend positieve gevolgen heeft', stelt de heer Opsomer bezadigd. 'Het enige probleem is onze Belgische varkenshouders hiervan te overtuigen. De mens is een gewoontedier, en van alle gewoontedieren is de varkensboer het minst vooruitstrevend.' Hij glimlacht fijntjes.

Gaston Sorgeloos lacht. 'Ha, van de eerste stoomtrein dachten de boerenmensen ook dat het een vuurspuwende draak was!' Met hoogrode kaken neemt hij een snede ham op zijn vork en steekt die in de hoogte. 'Dat maakt dat deze hesp ofwel van vrouwtjesbillen is of van castraten', zegt hij schalks.

'Dat is monsterlijk, acht dagen.' Stella's ogen staan vol tranen. Ze wil door Judith, die dichter naar haar toe schuift, niet getroost worden.

'Mejuffrouw Estelle bedoelt het niet zo, ze is soms een beetje overgevoelig', fluistert Mariëtte naar de heer Opsomer. Toch zit ze er zelf ineens maar slap en bleekjes bij.

Aloïs Opsomer neemt bijna lyrisch de draad van zijn betoog weer op. 'De consument moet worden voorgelicht. Kijk, de moeilijkste tijd in een varkensleven is altijd de overgang van big naar mestvarken. Het diertje wordt gespeend en van bij de moederzeug overgeplaatst naar het kweekhok. Dat veroorzaakt natuurlijk stress – en een varken is daar hypergevoelig voor – het gaat minder eten en groeit trager. Als het beest op dat moment ook nog eens wordt gesneden – zoals dat nu nog altijd op acht weken gebeurt – krijgt het er nog eens 'n extra shock bovenop én gaat het nog méér gewicht verliezen, waardoor de mesttijd weer langer wordt. Op die manier daalt de rendabiliteit nodeloos! Er moet worden gecastreerd vóór het spenen, dat is beter voor iedereen: producent, product en consument. Mijn experiment zal dat bewijzen.'

Mariëtte knikt vol ontzag, al ziet ze nog wat wit rond de neus.

'Verstaat ge?' voegt de wetenschapper er geduldig en speciaal voor de sentimentele juffrouw Estelle aan toe.

Alle aanwezigen zijn enigszins uit het lood geslagen. Alleen Louise doet alsof ze niets heeft gehoord en eet, de ogen gericht op haar boterham, rustig verder.

Gaston Sorgeloos neemt als eerste het woord. 'Wel wel wel.'

Hij is altijd in voor 'n pikant dubbelzinnige babbel, maar hoe castratie en spenen en teelballen open en bloot op tafel worden gegooid – en dan nog in het gezelschap van merendeels dames – is ook hem een beetje te veel van het goede geworden.

'Wij zijn wel collega's, maar mijn artikel is natuurlijk niet te vergelijken met uwen artikel', zegt hij, onwennig grappend.

Onbewust van de handeling tast hij in zijn kruis naar zijn ballen.

'Wat bedoelt u daarmee?' vraagt Opsomer ernstig.

'Wel mijn marchandise, mijn, eh, textiel en tapijten... dat eet geen brood en heeft geen stress hé?' antwoordt Sorgeloos. 'Hahaha!' Alleen hij lacht.

Mevrouw De Roeck wil het vulgaire gesprek afsluiten en begint met haar bekende aanhef. 'Weet u dat mijn echtgenoot zaliger majoor was in het Belgisch leger, meneer Opsomer? Daardoor ben ik heel goed op de hoogte van de internationale politiek, en ik vraag mij af hoe dat heden ten dage in zijn werk gaat met de uitwisseling tussen Oost en West. Uw onderzoek is eerst in Rusland gedaan, zegt ge. Laten de communisten u zomaar achter het IJzeren Gordijn binnen- en buitenlopen? Is die informatie niet geheim? Aanzien ze u daar dan niet als een spion?'

'Mijn beste mevrouw,' antwoordt Opsomer geduldig, 'voor mijn wetenschappelijk onderzoek moet ik niet naar ginder, alle resultaten worden gewoon uitgewisseld, tot nut van de mensheid in haar geheel. De Koude Oorlog houdt zich alleen met wapens bezig én met de verovering van de ruimte, prestigeprojecten. Mag ik nog wat koffie?'

'Natuurlijk!' Mariëtte schuift de kan zijn richting uit, maar mevrouw De Roeck, die tussen hen in zit, vertikt het de koffiepot aan te raken.

'Maar meneer toch, hoe is dat godsmogelijk!' reageert ze, in afschuw. 'Hoe kunt ge zo blind zijn, een derde wereldoorlog is nog nooit zo dichtbij geweest!'

4

Judith heeft na eindeloos oefenen in het washok achter in de tuin voor het eerst een bijna foutloze versie van 'La Paloma' gespeeld op het terras – alléén zijzelf hoorde dat ze naar het einde toe heel even in de fout ging.

Haar zussen, om haar heen aan de terrastafel verzameld, klappen verrast in de handen. Toch vinden ze het niet nodig, nee, ze hebben liever niet dat Judith het nummer nog eens helemaal voor hen speelt.

'Laat ons maar rustig samen zijn, gelijk vroeger op zondagmiddagen', zegt Mariëtte. Vroeger, voor gij ons als bezeten met die ellendig jankende blaasbalg terroriseerde, denkt ze.

En de gezusters De Wolf, in gedachten verzonken, genieten van de gouden najaarszon op het terras. Judith, de trekzak naast zich glanzend felblauw in de zon, leest het weekblad en neuriet binnensmonds 'La Paloma'. Estelle zit te zonnen. Louise borduurt, en Mariëtte ziet dat het goed is.

Ze schenkt Louise en Judith bij, houdt de theepot afwachtend boven Estelles kopje.

'Voor u ook nog wat thee – Estelle?'

'Doe maar', antwoordt Stella zonder op te kijken, de ogen gesloten achter de zonnebril, het aangezicht hoog naar de zon geheven. Ze draagt een laag uitgesneden bain de soleil – zelfgemaakt, naar een patroontje uit *Burda Mode* – en heeft haar benen gestrekt op een voetbankje gelegd. De roombleke binnenkant van haar armen houdt ze als in overgave geheven naar boven, zo kunnen die ook zon vangen en bruinen.

Lucky legt zijn zware kop kwijlend op haar dijen. Door zijn wimpers gluurt hij naar de trommel met boterkoekjes vlakbij op tafel.

'Nee, gij niet!' Stella tilt haar knie loom op en duwt de hond van zich af. 'Uit mijn zon, schooier!'

'Daar hebt ge zelf voor gezorgd, Stella kind. Bij ons schooit hij nooit. Ge moet dat beest niet gedurig aanhalen en flemen.' Louise schudt haar schriele hoofd onder de grote zonnehoed. De zon geeft voldoende warmte, zelfs zij kan zonder plaid, stola of sjaal buiten stil zitten. De brede rand van de strohoed zorgt voor schaduw, en door de bril met bokaaldikke glazen volgt ze het patroon van haar sierlapje nauwgezet: een pastoraal tafereeltje met herder, herderinnetje en vijf kleine schapen.

'Daarbij, dat beest is niet proper', klaagt Louise zacht. Ze buigt zich nog dieper over haar handwerk. 'Maar hoe dikwijls ik dat ook zeg, naar mij wordt niet geluisterd.'

'Het zijn úw koekskes waar míjn jongen verzot op is, Wiske!' Estelle glimlacht onverstoorbaar naar de zon. Ze koestert zich niet alleen aan de warmte van de zonnestralen, meer nog geniet ze van het denken aan meneer Koos. Hij is haar ook genegen, ze voelt het aan steelse blikken en voorzichtige aanrakingen, licht als een briesje, waardoor de haartjes op haar armen rechtop gaan staan, en aan glimlachjes op zijn gekrulde lippen en het zuchten in zijn borst wanneer hij naast haar gezeten ademhaalt. De tintelende zinderingen wanneer haar blote of bedekte knie onder tafel de broekspijp met zijn knie en huid en vlees en bot erin, gewillig raakt of vinnig aanstoot, er een begerig aanhoudende druk op uitoefent.

'*Ik* heb de hond geen slechte manieren geleerd, Estelle', pruttelt Louise tegen.

Judith wil zich niet met het gekibbel bemoeien. Zolang de Trollen maar niet over The Telstars beginnen te zeuren, is alles in orde. Voor geen geld ter wereld zal ze het orkest opgeven. Integendeel, er valt met musiceren nog 'n schone frank te verdienen ook, al die optredens in cafés, op kleine privéfeestjes en grotere kermissen beginnen aardig wat op te brengen. Gelukkig wordt er niet uitsluitend in ruil voor gratis drinken gespeeld – anders was er voor haar niet veel aan geweest, want meer dan twee pintjes per avond kan ze zonder dronken te worden niet op. Nee, daarvoor doet ze het niet, ook niet om thuis weg te zijn – al is dat dankbaar meegenomen! Nee, ze is muzikant geworden omdat ze haar roeping heeft gevolgd en gevonden. Guy en Etienne zeggen het ook: ze is een natuurtalent. En ze gaat zich ontplooien. Van de ouwekes kan ze daarbij moeilijk goedkeuring en aanmoediging verwachten, weet ze. Jet is tenslotte bijna twintig jaar ouder dan zij, dat is een totaal andere generatie, ze kon Judiths moeder zijn. Jet en Wis kunnen niet meer mee met de moderne tijd – Wiske heeft dat feitelijk nooit gekund. De Trollen zijn overal bang voor.

Voorovergebogen over *Zondagsvriend* valt Judiths oog op een titel: 'School voor bejaarden'. Dat is ook toeval!

'Ge moet nu eens horen', zegt ze en begint hardop te lezen: 'Te Keulen in Duitsland is er een speciale school voor bejaarden opgericht. De vrijwillige leerlingen zijn allemaal geroutineerde chauffeurs tussen vijfenvijftig en zestig jaar die de wegcode niet meer kunnen bijhouden omdat ze te dikwijls verandert.'

Stella werpt Judith boven de zonnebril een guitige blik toe.

'Wablief! Mensen van vijfenvijftig jaar noemen ze tegenwoordig ook al bejaarden!' protesteert Mariëtte ogenblikkelijk. Direct daarop houdt ze zich in, ze wil zich niet laten tarten. Ze weet goed genoeg dat zij en Louise niet de oude Trollen zijn waarvoor ze worden versleten. En ze zijn dungezaaid, de ogenblikken waarop alle zussen samen zitten. Dit is het geschikte moment om de moeilijkheden voor te zijn, om openlijk en eerlijk met elkaar te spreken, zonder kinderage.

'Tenslotte is een mens maar zo oud als hij zich voelt', zegt ze.

'Ja, dat is zo, kind.' Louise knikt vriendelijk tegen haar borduurwerkje. 'En houdt uw rug recht, Judithje', vervolgt ze zonder op te kijken. 'Ik geloof dat het door het gewicht van die trekzak komt, straks kweekt ge een bult.'

Op de foto bij het artikel ziet Judith een klasje bejaarden poseren op schoolbanken voor een bord.

'Ge zegt dat al heel uw leven, Wis.' Weer flitst er een blik van verstandhouding heen en terug van Judith naar Estelle. 'Dat ik mijn rug recht moet houden.'

Mariëtte roert rinkelend in haar theekopje. ''t Is al goed, meiskes', zegt ze, zet het porselein bedachtzaam aan haar mond en drinkt.

De trein van 15.45 uur vliegt over en verhakt daarbij het zonlicht in gelijkmatige bundels, die flitsend als vlammende pijlen het terras treffen.

Na het passeren van de laatste wagon baden de zussen weer in het serene, tijdloze licht.

Mariëtte trekt de theemuts over de pot. Ze kijkt van Louise naar Estelle en van Estelle naar Judith, elk in zichzelf gekeerd bij haar op het zonovergoten terras, met de prachtige tuin als decor! En ze denkt aan de foto waarop ze alle vier op dezelfde plek zitten, papa was pas overleden, ze droegen nog rouw. Toch was het een heel vrolijk, mooi beeld: vier jonge vrouwen op een rijtje, van klein naar groot, achter elkaar.

Ik zal ons niet laten verdelen, denkt ze. Er is geen oude en geen jonge garde, geen ouderwetse en geen moderne lichting, geen gelovige en geen ongelovige kliek. Mijn enige kamp is dat van de gezusters De Wolf, de De Wolfkes, traditioneel en vooruitstrevend. Het is een mooie gedachte, die haar bijna gelukkig maakt.

Vooruit ermee, het is nu of nooit, denkt ze. Ze vraagt: 'Hoort gij daar soms nog iets van, van die tiep van het gouvernement, Estelle?'

Stella kijkt over haar zonnebril heen en grijpt naar het pakje sigaretten naast haar theekopje. 'Welke tiep?'

'Laat dat toch rusten, Mariëtte, waar is dat in 's hemelsnaam goed voor!' Louise schudt haar hoofd onder de zonnehoed beverig heen en weer.

'Waarom moet gij dat weten?' vraag Estelle assertief. Toch trilt haar stem direct.

Mariëtte weifelt. 'Versta mij niet verkeerd,' zegt ze met een glimlach, 'ik hoop, ik ben blij dat die miserie gedaan en vergeten is.'

Misschien heeft ze een verkeerde tactiek gebruikt door naar het verleden te verwijzen, maar ze wil en ze zal het spel zonder einde waarin haar zus wordt meegesleurd een halt toeroepen voor het te laat is. Estelle heeft zich op de jonge Hollander toegelegd, ze is Polderdam al helemaal aan het inpakken. Dat is overduidelijk, ook Louise is het daarmee eens, en Judith kan niet blijven doen alsof ze nergens van af weet. Als er niet snel wordt ingegrepen, zit het spel straks weer op de wagen en dat kan alleen op een nieuwe ontgoocheling uitdraaien.

'Wat kan mij die vent schelen!' zegt Stella stoer. Toch kan ze niet beletten dat haar onderlip begint te trillen terwijl ze inhaleert en de rook stomend uitblaast. Pffff… ander en beter, denkt ze.

'Goed dat ge er zo over denkt, Estelle.' Mariëtte schikt en herschikt de theemuts over de lege pot, alsof ze op die manier haar gedachten kan ordenen. 'Ge zijt wijzer geworden, niet meer zo licht ontvlambaar als een bakvis.'

'Stopt met uw gepreek, Mariëtte!' reageert Judith agressief. 'Ze zegt toch dat het over en uit is, of hoort ge niet goed!'

Waarom kan Jet haar klep niet houden, waarom kan ze Stella niet aanvaarden zoals ze is, hopeloos romantisch en eeuwig en drie dagen op zoek naar de Grote Liefde. Waarom kunnen wij, die minder kwetsbaar zijn, haar niet voor desillusies behoeden, denkt Judith.

Estelle trekt haar schouders op. 'Als ik een bakvis ben, zijt gij een hoog bejaarde droge haring.'

'Kunnen wij niet gewoon, normaal spreken?' vraagt Mariëtte.

'Gij zijt begonnen', zegt Stella.

Louise kijkt op van haar handwerkje. 'Ons Mariëtte verwijt u niets, Estelleken.' Ze glimlacht, waardoor haar bijna tandeloze mond pijnlijk zichtbaar wordt.

'We weten allemaal dat het mansvolk u complimenten en avances maakt, openlijk én in den duik, daar kunt gij niets aan doen, het is toch uw schuld niet dat ge zo'n schoon vrouwmens zijt.'

'Zwijgt dan', kreunt Stella.

Ze tilt haar welgevormde naakte arm en strijkt in een perfecte beweging door haar pasgewassen loshangende haren.

Misschien weet ze het niet van zichzelf, of ze beseft het maar half en half, hoe zelfs haar gebaren trachten te behagen en te verleiden, denkt Mariëtte.

Altijd al heeft de seksualiteit van Estelle Mariëtte voor raadsels gesteld en zorgen gebaard. Stella was nog maar elf toen zich al prille borstjes begonnen af te tekenen onder haar bloes. Terwijl ze naast Louises ziekbed waakte, werd dat opeens duidelijk zichtbaar. Mariëtte weet het nog goed. Urenlang bleef Estelle de hand van de langzaam verschrompelende Louise vasthouden. Wat bij de een slonk, nam bij de ander gelijktijdig ter compensatie toe. Mariëtte had zienderogen de levenslust, de lichamelijke bloei, de hele lijfelijkheid van de zieke Louise op Estelle zien overgaan. Na haar herstel verdwenen Louises maandverbanden voorgoed uit de kookwas en maakte het maandelijkse bloed van Estelle zijn entree.

Op haar veertiende was ze een seksbom, een losbol en jongenszot – één brok leven, altijd verliefd en verleidend, met buitengewoon welgevormde borsten, buik, billen en benen, een sensuele mond klaar om te zoenen en gezoend te worden, grijpgrage handen en het bloed borrelend vol hormonen.

Het mannenvolk vond haar onweerstaanbaar.

Toen papa bij het uitbreken van de oorlog zijn dokterspraktijk stopzette en de woning tot pension omvormde, werd de onbezonnen Estelle de grootste trekpleister van Viersprong en moest ze juist daardoor speciaal in het oog worden gehouden. Niet Louise maar Estelle was Mariëttes zorgenkind geworden. En dat is ondertussen nog niets veranderd.

'Ik wil alleen maar zeggen', begint Mariëtte voorzichtig opnieuw, 'dat gij, trouwens evenmin als wij, als vrouw aanleiding moogt geven, wij mogen niets uitlokken.'

Zeg het, verwijs naar Polderdam, flitst het door haar hoofd, hoe gij die mens zijn kop zit zot te maken, dat is om miserie vragen.

'Dat doe ik niet', zegt Stella, het hoofd in haar nek vleiend.

'Jawel, ge durft soms openlijk te flirten met de klanten', reageert Mariëtte kordaat maar ze vergoelijkt haar uitval. 'Misschien ziet ge dat zelf niet?'

Stella lacht. Terwijl ze haar borsten onder de bain de soleil platduwt, speelt ze de gekrenkte onschuld. 'Ik kan mij toch niet wegsteken, zeker!'

'Ja, een schone vrouw moet toch niet in zak en as en vodden rondlopen. Gij doet dat ook niet, Mariëtte', reageert Louise.

Mariëtte verwijdert enkele denkbeeldige kruimels van haar schoot en herschikt de theemuts. 'Ge moet als vrouw ook niet met uw vormen te koop lopen, vind ik. Te diepe decolletés, te korte rokken, te veel schmink maken een vrouwmens vulgair. Straks peinzen de mensen nog dat ge 'n gemakkelijke zijt.'

Louise knikt, dat vindt zij ook. 'Soms ziet ge eruit als een schilderij, of als een filmster, dat is waar, terwijl gij al die tralala niet nodig hebt, Estelleke. Gij zijt schoon gelijk ge zijt.'

Stella trekt haar benen als op commando hoog op en slaat één hand in haar nek.

'Oh baby I love you', fluistert ze hees terwijl ze haar borsten potsierlijk vooruitduwt.

Judith barst in lachen uit. 'Ge zijt precies Jane Mansfield!'

'Nee, Brigitte Bardot. Bébé je t'aime.'

'Zit me niet te jennen, hé,' vaart Mariëtte tegen de jongere zussen uit, 'terwijl ik mijn best doe om ernstig te spreken. Wat voor slechte naam zijn wij hier op die manier aan het krijgen? Viersprong is een deftig etablissement met serieuze gasten. Wij verhuren geen kamers voor een enkele nacht of voor 'n uur of twee. Als ze daarvoor naar hier komen zijn ze ferm mis. Voor ontucht en smeerlapperijen moeten ze in de Boudewijnstraat zijn achter de statie, niet bij ons!'

Louise wijst haar terecht. 'Ge moet niet overdrijven, Mariëtje.' Mocht ik Stella's lichaam hebben, ik was misschien ook niet zo gemakkelijk kuis gebleven, denkt ze en ze slaat een kruisteken.

'Gij kunt nooit nergens om lachen, Jet!' zegt Stella kwaad.

Mariëtte springt verontwaardigd op. Zijt ge zo stout of zijt ge alleen dom, wil ze antwoorden en dan waardig weglopen, maar ze bedenkt zich, dat zou alleen uitstel betekenen. Ze gaat weer zitten, slaat een hand aan haar hoofd en krijgt prompt een aanval van migraine.

'Het is niet om te lachen, Estelle', zegt Mariëtte en ze sluit haar ogen, zo gaat het spreken misschien gemakkelijker. Het is een afwijking, een ziekte waar Stella aan lijdt. Ze heeft erover gelezen, en niet alleen in papa's medische gidsen.

Estelle steekt een nieuwe sigaret op en blaast de rook naar de zon.

'Daar bestaat een woord voor dat gedrag van u, Estelle', fluistert Mariëtte langzaam en precies.

'Ha ja?'

'Als ge alleen maar aan de geslachtsgemeenschap kunt denken, en het altijd met andere mannen wilt doen, zijt ge ziek, manziek, met een wetenschappelijke term: nymfomaan, gedurig hongerig lopen naar seks en nooit voldaan geraken. Zo zijt gij.'

'En gij zijt zot!' schreeuwt Stella.

En opeens staat Maurice ter hoogte van het terras. Hij is langs het hek, over het grind van de oprit, ongemerkt vlakbij gekomen.

Judith ziet hem als eerste, ze steekt een hand op naar de werkman. 'Ha, de Maurice!'

'Op stap, Maurice?' vraagt Louise beschaamd – God weet wat die zondaar niet allemaal gehoord heeft!

Estelle zit met betraande ogen en gekruiste armen stokstijf op haar stoel. De hond aan haar voeten begint laag te grommen.

'We waren toch overeengekomen dat ge alleen nog in de week op ons domein mocht komen!' vaart Mariëtte tegen de man uit.

'Pardon, verexcuseert juffrouw Mariëtte, ik heb 'n paar plankskes nodig, ik zal 't niet meer doen...'

'Allee vooruit, maar 't is de laatste keer, hé.'

Zonder nog op te kijken rept Maurice zich naar het hok. 'Merci juffrouw Mariëtte, 't zal niet meer voorvallen, beloofd...'

Estelle maakt van de gelegenheid gebruik om op te stappen. Ze graait sigaretten en een aansteker van de tafel mee.

'Kom, Lucky, we zijn hier weg.' Ze loopt driftig het terras af, de hond volgt haar op de voet.

'Waarom zijt ge ineens zo kwaad? Omdat ik de waarheid gezegd heb?' vraagt Mariëtte terwijl Stella om de hoek verdwijnt.

'Omdat gij haar voor nymfomaan begint uit te schelden, tiens', zegt Judith.

'Heb ik ongelijk, misschien?' fluistert Mariëtte zodat Maurice het onmogelijk kan horen. 'En ik was nog niet eens rond, ik wou nog zeggen dat ze de Hollander moet gerust laten, ze loopt met haar ogen open in haar ongeluk en ze sleurt ons erin mee.'

Louise schudt treurig haar hoofd. 'Zijn we nu beter af? Nu dat ge uw gedacht gezegd hebt? Dat loopt nu half gekleed over straat schandaal te geven op zondag!'

5

Mariëtte De Wolf ligt met open ogen op bed in haar kamer.

Een kleine, geborgen ruimte in het souterrain pal onder de receptie van het pension. Er zitten smeedijzeren tralies voor het kelderraam langs de straatkant, binnenin grenst de kamer aan de keukenmuur.

Louises kamer bevindt zich door de immer duistere gang gescheiden, schuin tegenover die van Mariëtte – ze hoeft niet ver te lopen wanneer haar zus 's nachts hulp nodig heeft, terwijl de robuuste keldermuren Louises opdringerig luide gesnurk voldoende smoren.

Juffrouw Mariëtte kan hier teruggetrokken toch de bewegingen in en rond het huis volgen.

Het schemerlampje naast het bed verspreidt een zacht oranjerood licht.

Het is vijf uur in de ochtend, ziet ze op de wekker – ze is vanzelf wakker geworden.

Nog voor het inslapen heeft ze de grote, donkere kei boven op de bleke, grijs-witgespikkelde platte kiezeltjes gelegd die een verhoging vormen tegen de zijgevel – precies daar waar de steunbeer één baksteenlengte uitspringt, ter hoogte van de fiets- en bromfietsstandplaats.

Wellicht heeft hij het teken gezien nog voor hij gisteravond naar zijn werk vertrok, nog voor hij de NSU startte, denkt ze en ze rekt zich behaaglijk uit.

Dan gaat ze rechtop in bed zitten, neemt de fles Elixir d'Anvers uit het nachtkastje, schenkt zich een borrelglaasje halfvol en begint haar haren los te knopen – die zitten 's nachts tot een vlecht in haar nek samengebonden.

Ze schudt langzaam het hoofd, de dikke haren waaieren uit en vallen over haar schouders.

Mariëtte maakt de bovenste knoopjes van de katoenen tabbaard los en trekt zonder uit bed op te staan, wrikkend links, rechts, het nachthemd onder haar billen vandaan, stroopt het op en tilt het over haar hoofd. Zorgzaam vouwt ze het bij de naden tot een nog warm pakje, dat ze onder haar hoofdkussen stopt.

Kritisch bekijkt ze vervolgens haar borsten – fichi maturi – knijpt routineus even in de tepels tot ze hard zijn en betast de opening van haar schede: vochtig.

Hoort ze het motortje van de brommer daar al pruttelen?

Mariëtte sluit haar ogen en drinkt het glaasje elixir leeg. Ze laat het kruidig zoete vocht door haar mond spoelen, haar adem verfrissen en appetijt opwekken.

Buiten kreunt het hek, ze hoort voetstappen op het grind.

De gasten – hij aan het stuur, zijn neef achter op de brommer – zijn van de nachtshift bij Pictahol thuisgekomen.

Mariëtte glijdt uit bed en trekt haar bustehouder en onderbroek aan – dan maar zonder gaine, jarretelles en nylons, dat is te omslachtig en daar heeft ze de tijd niet meer voor. Ter compensatie haakt ze de sluiting van haar beha in een te kleine stand, waardoor haar borsten verlokkelijk uit de overvolle cups puilen.

Ze neemt de zondagse kamerjas uit de kleerkast – een roze satijnen negligé die ze heeft gekocht voor als ze per malheur een keer in het ziekenhuis zou moeten worden opgenomen, om dan niet in verlegenheid te vallen. In Viersprong vertonen leiding en personeel zich nooit in kamerjas aan de pensiongasten.

Mariëtte controleert of het gordijn voor het kelderraam wel alle licht afsluit – het is buiten nog helledonker – en poseert uitdagend voor de spiegel in de kastdeur. Er mag nog een extra knoop van de kamerjas open.

Ze draait de sleutel van haar kamerdeur om, schenkt zich nog een bodempje likeur in en gaat, glaasje sierlijk in de hand, op de enige stoel zitten.

Ze kan zichzelf in de spiegel van de kleerkast zien en drapeert de panden van de glanzende lingerie rond haar gekruiste benen, de zijde streelt haar dijen. Keurend bekijkt ze het zacht belichte, omfloerste beeld van zichzelf. Een tafereel uit de Bijbel, of een schilderij van Rubens of van een andere oude meester met veel clair-obscur. Er is er geen een die het in zijn droeve kop zou halen mijn échte leeftijd te schatten, denkt ze en ze wacht geduldig.

Lamberto Esposito komt op kousenvoeten de kamer van mejuffrouw Mariëtte in geslopen. Hij is in werkoverall en houdt zijn schoenen en een handdoek in de hand. Zodra hij binnen staat, keert hij zich om en sluit onmiddellijk de deur achter zich. Pas dan kijkt hij haar aan, is hij een en al oog en oor voor haar, *sua bella Donna*.

'Kom', zegt ze en ze wenkt haar minnaar.

Mariëtte hoeft maar te spreken en ze zal verhoord worden.

Voordat hij naar haar toe sluipt, beent hij gauw naar het bed, slaat de dekens weg en spreidt de badhanddoek in het midden van de matras, zoals zijn hospita hem heeft geleerd, ter bescherming van de lakens.

Dan gaat hij op gepaste afstand tussen haar en de kleerkast in staan, om zijn overall en onderkleren uit te trekken terwijl zij toekijkt, ook hoe via de spiegel zijn achterkant helemaal vrij komt.

Lamberto sukkelt bij het zich ontdoen van de onderbroek, die achter zijn stijve lid blijft vasthaken. Zijn verlegenheid vertedert haar nog meer dan zijn ongeduldige naaktheid.

Toch zal ze het zo lang mogelijk uitstellen hem aan te raken. Pas nadat hij haar in de correcte volgorde ter wille is geweest en bevrijd heeft van negligé, bustehouder en slip, en nadat hij ieder vrijgekomen plekje van het huidoppervlak van haar lichaam heeft overdekt met kusjes en likjes en beetjes, wanneer hij op zijn knieën voor haar aan haar borsten heeft gelegen als een pasgeboren zuigeling, zal ze – de haartjes op haar mollige armen rechtop trillend van begeerte – hem aanraken.

Ze nodigt hem bijna hoofs uit van de vloer op te staan, staat zélf van de stoel als van een troon op en kust hem op de mond.

Daarna leidt ze hem naar het eenpersoonsbedje, waar hij boven op haar mag gaan liggen en ongehinderd zijn gang mag gaan.

Lamberto Esposito, stoker in de hoogovens van de gieterij die eigendom is van textielgigant Pictahol, mag met juffrouw Mariëtte alles doen wat hij wil – zolang het vrijen maar in bijna volkomen stilte gebeurt! Want elk geluid, iedere zucht of kreun moet onderdrukt worden.

Voor Mariëtte is dat niet moeilijk, ze kan onhoorbaar hijgen en genieten. Zelfs als ze klaarkomt is dat aan haar niet te horen en haast nergens aan te merken.

Ze is het stil en alert zijn gewoon, altijd en onafgebroken hoort én luistert ze naar bij- en achtergrondgeluiden, ze kan niet anders.

Om Lamberto duidelijk te maken dat ze een hoogtepunt bereikt, fluistert ze hem zuchtend lieve woordjes in het oor als 'lieveling', 'schat', 'liefste'.

Dit keer kreunt ze zacht: 'Mijn man, o... mijn man...'

Aan de intensiteit van haar gefluister kan hij horen dat ze zover is. Zo weet hij dat hij er werk van mag maken om op zijn beurt te komen.

Mariëtte heeft haar vrijer dat soort dingen al doende aangeleerd, zonder er gênante woorden te moeten voor bezigen.

Hij noemt haar onveranderlijk 'mi amor' en trilt altijd hevig als hij schiet, ook de zeldzame keren dat er slechts één week tussen hun ontmoetingen in zit.

Na afloop strelen ze elkaar nog wat.

Het gebeurt weleens dat de gemeenschap direct opnieuw plaatsvindt, maar dat is niet de regel. Als Lamberto erover zou mogen beslissen wél, maar de pensionhoudster bepaalt de regels.

Lamberto kleedt zich weer aan. Op kousenvoeten sluipt hij naar buiten, schoenen in de hand, handdoek onder de arm.

Mariëtte sluit haar kamerdeur achter hem en gaat voldaan in het nog warme bed liggen.

Lamberto is niet de eerste man in Mariëttes leven. Hij is wel de eerste met wie het leeftijdsverschil zo groot is en de eerste met wie ze bijna als vanzelf klaarkomt. Omdat ze zich ongeremd kan laten gaan, meent ze. Ze hoeft niet meer bang te zijn om in verwachting te raken, haar regels zijn langer dan twee jaar achterwege gebleven. En ze is niet bevreesd dat de jonge Italiaan verliefd op haar is, daarom staat zij zichzelf toe op hém verliefd te worden.

De verhouding is begonnen terwijl ze hem lesgaf.

Bij hun aankomst had ze de Italiaanse neven sporadisch wat Nederlands willen leren: 'Ik ga naar mijn werk', 'Wij ontbijten om zeven uur 's ochtends', 'Het souper wordt om zeven uur 's avonds geserveerd.'

Na de derde les had Nicola, de jongste, afgehaakt. Hij was alléén op stap gegaan, op zoek naar vertier, een vriendinnetje.

Terwijl Mariëtte Lamberto aan de keukentafel leerde tellen, op haar vingers van 'een, twee, drie, vier...' had hij onder tafel zijn hand op haar dij gelegd. Ze was dichter naar hem toe geschoven.

'Een, twee, drie, vier, vijf, zes, zeven', had hij nadrukkelijk herhaald en zij had evenveel warme knepen in haar dij gevoeld.

Zonder na te denken had ze haar knieën gespreid en zijn hand in haar kruis gedrukt.

'Dat is zéér wel, Lamberto!'

Snel en kordaat – een van haar zussen kon elk moment de keuken binnenkomen! – had ze eraan toegevoegd: 'Ik ga u nog veel meer leren, op mijn kamer.'

En zo was de affaire begonnen.

Iedere keer weer is het prettig met hem. Ook achteraf voelt Mariëtte zich goed.

Omdat ze niets verkeerds doen. Zij helpt de jongen uit zijn eenzaamheid en zorgt er tegelijk voor dat hij zijn vrouw in Italië niet voortdurend hoorns zet met altijd wisselende, slechte vrouwen. Hoeren die hem voor hun weinig hygiënische, liefdeloze diensten een fortuin aftroggelen. Dat geld kan hij nu rustig sparen om naar zijn gezin op te sturen.

Hun verhouding heeft alleen positieve punten. Iedere betrokkene wordt er gelukkiger en beter van. Ze doen niemand kwaad. Ze zijn niet onrechtvaardig – ook niet tegenover Assumpta, zijn echtgenote, want wat niet weet, niet deert.

Lamberto en zij zijn eerlijk, ze weten wat ze aan elkaar hebben, en dat is voldoende – voor haar toch. Hij gaat alléén nog naar de stationsbuurt om op zijn neef te letten als die naar de hoeren gaat. En Nicola trekt er enkel naartoe als hij zonder Vlaams lief zit. Die kerels in Italië houden er een vreemde moraal op na: beweren dat ze heiliger dan de paus van Rome zijn en tegelijk iedere week uit de broek willen, getrouwd of niet.

Mariëtte glimlacht naar het plafond. Als ze goed luistert, kan ze het water in de afvoerbuis horen ruisen – hij zal in de badkamer onder de douche staan, het is nog te vroeg voor de andere gasten.

Ben ik wel helemaal eerlijk tegenover God, denkt ze, en ze schrikt van de gedachte. Nee, God heeft er niets mee te maken. Ze moorden of roven niet. Er is niets godslasterlijks aan of omtrent hun verhouding.

Ze houdt ook van hem. Ze ziet Lamberto graag op een liefdevol zorgzame, moederlijke manier. Later, wanneer hij naar zijn land terugkeert, gezond naar lichaam en geest, zullen er op het spaarboekje van zijn zoon centen staan die niet aan echtbreuk of ontrouw werden vergooid, dankzij haar.

'En ik geef niemand aanstoot', verdedigt ze zich half fluisterend.

Dat is zo, ze loopt niet met haar knappe minnaar te paraderen, steekt er haar zusters niet de ogen mee uit.

Toch weet ze niet goed hoe ze tegenover God moet uitleggen dat ze Zijn geboden 'Wees steeds kuis in uw gemoed' en 'Doe nooit wat onkuisheid is' onmogelijk kan blijven naleven. Integendeel, sinds ze Lamberto bemint zwelgt ze in wellust, in gedachten, woord en daad.

6

Juffrouw Estelle De Wolf laat de tranen ongehinderd over haar wangen stromen. De treurnis maakt haar mooier, nog meer lijfelijk aanwezig dan anders en daardoor dubbel zo begeerlijk, als zoiets mogelijk is. Toch beseft ze dat nu niet.

Ze is zich slechts van één ding bewust: de ramp die haar leven en misschien alle leven op aarde bedreigt!

'Waar moet het toch met ons naartoe!' snikt ze pathetisch.

Ze heeft *Zondagsvriend* tussen de borden van Lamberto en Nicola in gelegd – de neven zitten zoals gewoonlijk op zondag als eersten aan tafel, dit keer echter zonder muziek, dat zou ongepast zijn.

Viersprong is immers in rouwstemming zoals de hele wereld, of toch bijna.

Juffrouw Estelle buigt slap als een hopeloze over de mannen heen en bladert door het weekblad, al kent ze de inhoud ervan stilaan letterlijk van buiten. Los slingerende haarlokken omkaderen haar tragische gezicht met de kinderlijk getuite pruilmond.

'En nog zo jong!'

Ze likt haar duim nat en slaat langzaam de pagina's om.

'We zullen hem nooit meer zien lachen,' zegt ze wanhopig, 'en hij kon zo joviaal, charmant lachen...'

'Nooit nooit nooit meer...' gooit ze er nog bovenop.

De mannen kijken met Stella mee naar de paginagrote foto's van de indrukwekkende plechtigheid.

'Kijk hier, prinses Beatrix en prins Bernhard, en bondskanselier Erhard van Duitsland, en keizer Haile Selassie... en hier zie rechts opzij, onze Boudewijn!' Bij het terugzien van de ernstige vorst wordt Estelle wéér door verdriet overweldigd.

De Italianen knikken ingetogen.

Estelle geeft commentaar alsof ze er zelf bij was, in het Capitool te Washington, en in de ceremoniewagen en te voet samen met de prominenten achter de lijkkist lopend van het Witte Huis naar de kathedraal, en ten slotte op zijn en ons aller eindbestemming, het kerkhof.

'Shuuut... signorina Estelle, calma, calma', probeert Lamberto. Boven de zwart-witfoto's van de rouwdienst ziet hij juffrouw Estelles boezem driftig zwoegend tekeergaan. Hij weet niet waarnaar eerst te kijken.

'En hier, De Gaulle.' Estelle wijst blindelings de Franse president tussen het rond de katafalk verzamelde volk aan. 'Die steekt ook altijd overal bovenuit.' Ze snikt smartelijk. 'En de man in 't midden van de rij, hier deze, dat moet de nieuwe president worden.'

Messcherp houdt ze de nagel van haar wijsvinger onder 's mans hoofd. 'Johnson!' Het klinkt als een vloek of een verwensing. 'Nogal 'n verschil hé? Zo'n ouwe, lelijke vent, 'n echte schande...' snottert Estelle verontwaardigd.

Weer knikken de Italianen instemmend. Ook zij zijn door de laffe moord geschokt en ook zij maken zich zorgen over de toekomst, zoals iedereen.

Maar de signorina is veel dieper nog geraakt dan ieder ander. Het lijkt of ze een intieme geliefde heeft verloren, haar echtgenoot of kind, haar eigen vader of moeder.

Stella kan zich maar niet losrukken van de trieste beelden – of alleen voor heel even, om haar neus te snuiten, zoals nu.

Door die prozaïsche handeling komt ze wat tot rust.

'Ik versta dat niet', zegt ze op redelijker toon. 'Ik versta daar niets van. Wie verstaat dat? Verstaat gij dat, Louise?' vraagt ze haar zus, die is binnengesloft met een schaaltje vol croutons en eentje met peterselie voor in de soep.

'Wat dat?' Louise zet de schaaltjes op tafel neer. Waarom kan Estelle dit in godsnaam niet laten rusten? Hoe ze zich nu gedraagt is niet meer helemaal normaal, vindt Louise. Straks geraakt ze over haar toeren en hervalt ze, als het geen aanstellerij is tenminste.

'Ge moet eens naar Jacqueline haar gezicht zien, Wiske. Precies of het gaat haar niet aan, of het kan haar niet schelen, zo onverschillig en koud! 't Is toch haar man die daar ligt! Die denkt alléén aan haar eigen. Wie kan dat nu verstaan!' Stella gaat razendsnel weer emotioneel in crescendo.

'Allee toe, stopt daar nu over, Estelle', klaagt Louise. Ze werpt een vluchtige blik op de gewraakte foto. 'Ze zullen dat mens een Temestake of zo gegeven hebben, zeker.' Op weg naar de keuken voegt ze er iets luider aan toe: 'Ge zult daar zelf maar zo staan, voor het oog van de wereld.'

Daaraan had Stella niet gedacht. Hoe komt ze erbij te denken dat Jacky geen verdriet zou hebben! Is die gedachte alleen al niet egoïstisch?

Wéér ondergaat ze een vlaag van plaatsvervangend verdriet, alsof ze daar zélf achter de doodkist van haar echtgenoot staat, helemaal in het zwart gekleed, een sluier voor haar gezicht en op trillende benen. Haar bloedeigen kinderen, Caroline en kleine John, voortaan twee halve weesjes, aan de hand.

'En het is de verjaardag van junior!' herinnert ze zich, in paniek. 'Uitgerekend op papa's begrafenis is klein John-neke drie jaar geworden...' Weer huilt ze voluit.

Hoe vaker ze de foto's bekijkt, hoe vaker ze over het trieste einde van de jonge president spreekt, des te dieper het tot haar doordringt, tot het helemaal werkelijkheid wordt.

Eerst kon ze het niet geloven, omdat ze het niet kon vatten. Ze was te erg geschrokken toen ze het nieuws hoorde.

Estelle stond in het washok, papa's oude laboratorium, achter in de tuin, wasgoed te sorteren voor de kookwas: lakens, ondergoed en keukenhanddoeken van de bovenkleding scheiden.

Dit is niet haar taak, ze heeft er zich altijd tegen verzet omdat het een onappetijtelijk vieze klus is.

Maar op vrijdag 22 november – een dag die ze nooit zal vergeten – kon Estelle zich niet langer bedwingen. Ze wilde Koos' kleren en witgoed vinden, selecteren en betasten, bevoelen en besnuffelen. Het gemerkte textiel is eigendom van het pension en wordt allemaal tegelijk gekookt, gebleekt en gesteven; de persoonlijke kleren echter worden in grote genummerde zakken per kamer apart gehouden en voorzichtiger behandeld.

Stella had de waszak van Koos gevonden. Met gesloten ogen drukte ze haar gezicht in zijn overhemden, onderbroeken en onderlijfjes. Ze snoof de verschillende zachte en scherpe, zoute, zure en zwoele lichaamsgeuren op en ademde ze vochtig klam in het goed weer uit.

Het was een overrompelende sensatie. Ze voelde Koosje, zoals ze hem om de meervoudige betekenis in haar geheimste gedachten noemde – koos je, mijn Koosje – dichter nog bij zich dan wanneer hij naast haar aan tafel zat. Vertedering en opwinding tegelijk.

Uitgerekend op dat moment werd ze op heterdaad betrapt. Als versteend bleef ze staan, het besmuikte ondergoed – belastend materiaal – nog door haar handen gekoesterd.

'Nee! 't Is niet waar! In godsnaam, dit mag niet mogelijk zijn!' jeremieerde Mariëtte.

Jet had pas het nieuws op de radio gehoord en was van de keuken naar de wasplaats gesneld, waar ze lijkbleek stond te huilen.

'Kennedy is dood, doodgeschoten! Is dat niet wreed!'

'Wat... wat zegt gij nu?' hakkelde Stella.

'Kennedy, president Kennedy is dood, hij is vermoord, in een auto neergeschoten!' gilde Jet in paniek. Ze was zozeer aangeslagen dat ze geen aandacht schonk aan wat Estelle hier kwam zoeken.

'Wie-wie-wie doet er nu zoiets?' stamelde Estelle ontdaan.

'Lee Oswald, 'n krankzinnige zot en communist', antwoordde Mariëtte alsof ze de moordenaar persoonlijk kende. 'Ze hebben hem direct gepakt en opgesloten – nog 'n chance dat de geheime politie van de CIA daar ter plaatse was!'

'Ochot toch, zo'n goeie, doodbrave mens.' Stella was zich pas langzaam de draagwijdte van het gebeurde begonnen te realiseren.

In Estelles hoofd is het beeld van de president over Koos Polderdams beeltenis heen geschoven. Onderaan, als fundament van de gewaarwording, meende ze Alfred Vandewalles gezicht in haar herinnering terug te zien, in één beweging, een zucht bijna.

Behalve de seksuele betrekkingen met haar onderhield Vandewalle ook diplomatieke betrekkingen met de Verenigde Staten van Amerika. De aanslag op Kennedy heeft de oude wond weer opengereten.

Dat ging vanzelf, ze heeft er niets voor gedaan, is ineens tot een diep tragisch inzicht gekomen.

Louise spreekt haar kordaat toe. 'Kom Estelleke, legt de *Zondagsvriend* nu maar weg, dat ik de tafel kan dekken. Er is pompoensoep vandaag!'

'Tss... tss... tss...' Het speeksel gaat op het ritme van haar adem tussen haar tanden op en neer.

'Ik hoop maar één ding en dat is dat er geen nieuwe oorlog van komt', sneert de oude mevrouw De Roeck strijdlustig. Ze kijkt priemend naar haar overburen aan tafel – vele Italianen zijn hun land ontvlucht op verdenking van communistische sympathieën – maar de gezichten van de gastarbeiders verraden niets.

'De vredesduif is doodgeschoten', zegt Stella, treurend om hém, Freddy. Niet één man heeft haar zo met liefde overweldigd en met zo'n grote hunker achtergelaten als hij.

'Oorlog? Maar bah nee, madame De Roeck.' Gaston Sorgeloos schept een tweede royale portie pompoensoep in zijn bord. 'De mensen zijn ondertussen wel slimmer geworden hé, en onze economie draait op wieltjes, verbetert mij als ik mis ben, maar de wereld heeft geen nieuwe oorlog vandoen.'

Mevrouw De Roeck laat zich niet afschepen. 'Dan moet ge mij toch eens vertellen waarom er een betonnen muur dwars door Berlijn nodig is om de vrede tussen Oost en West te bewaren.'

'Omdat anders iederéén naar 't vrije Westen overloopt, tiens, hoe zoudt ge zelf zijn?'

Dergelijke platitudes countert de weduwe van een legeroverste met gemak.

'Als er één raket afgeschoten wordt, zal er niet veel volk meer zijn om naar het Westen over te lopen of om u te verbeteren als ge mis zijt, Sorgeloos. De oorlog die eraan komt zal een atoomoorlog zijn.'

'Juist daarom, madame. Ze zullen wel twee keer nadenken vooraleer dat ze op de rode knop duwen, Rus zowel als Amerikaan, hij gaat eraan!' Sorgeloos lacht.

'Wíj ook, iederéén gaat eraan zonder onderscheid, gij en ik ook. Voor mij persoonlijk is dat geen erg, ik heb mijn leven gehad en ik heb geen kinderen of kleinkinderen.'

'Enerzijds mogen wij niet door angst geparalyseerd worden. Anderzijds moeten we systematisch waakzaam blijven voor mogelijke dreigingen of infiltratie vanuit het communistische blok', reageert Opsomer kalm en waardig. 'Mijn onderzoekswerk gebeurt met wederzijdse uitwisseling van bevindingen tussen ons land en de Sovjet-Unie over alle politieke tegenstellingen heen, maar het zou onverantwoord zijn alle informatie initieel in dienst van de hele mensheid zomaar zonder filter door te spelen aan een per slot van rekening vijandig politiek regime.'

Een rots in de branding, die man, merkt Jet.

'Voilà, er zijn dingen die top secret zijn en dat moeten blijven ook, in het belang van ons land en de NATO!' zegt de weduwe. 'In principe kan ieder van ons hier aanwezig een spion zijn.' En weer viseert ze haar Italiaanse overburen, die rustig hun soep lepelen.

'Ik heb geen geheimen hoor, over mij mag iedereen alles weten', zegt Sorgeloos.

'Meneer Opsomer, u heeft dat schoon verwoord, vind ik,' zegt Mariëtte koket, 'van dat enerzijds waakzaam blijven en anderzijds blijven eh...'

'Onze waakzaamheid mag onze mondiale toenadering in dienst van welvaart en welzijn niet in de weg staan, juffrouw Jet', benadrukt Opsomer ernstig.

Mariëtte knikt. 'Ik ben het helemaal met u eens. Jazeker, een wereld met welvaart, welzijn en waakzaamheid, vier w's.' Ze glimlacht, hij heeft haar spontaan Jet genoemd! 'En neemt u gerust van de laatste croutons én van de peterselie, meneer Aloïs.'

'En toch heeft ook mevrouw De Roeck gelijk', roert Polderdam zich. 'Spionage is inderdaad van overal en van alle tijden. Ook in de nieuwe technologie strijden wij voortdurend met onze buitenlandse concurrenten.'

Mariëtte wendt zich tot de charmante Opsomer – hij weet haar steeds meer te boeien, wat jammer dat hij zo weinig over zijn privéleven loslaat.

'Waakzaamheid is niet verkeerd, begrijp ik, net zomin als iedere vorm van geheimhouding per se verkeerd is.'

Ze recht haar rug en duwt haar boezem langzaam zijn richting uit.

'Zo heeft ons gasthof in oorlogstijd ook zijn steentje tot de wereldvrede bijgedragen.'

'Hé, niet wéér dat oud verhaal over de oorlog, Jet!' zegt Estelle pruilend als een kind.

'Onze jongste zusjes waren nog kinderen in die tijd, zij wisten nog nergens van af, natuurlijk.' Jet glimlacht beminnelijk.

'Maar ge hebt dat ondertussen al duizend keer verteld!'

Louise springt voor Mariëtte in de bres. 'Ik begrijp niet hoe ons Estelle niet wat fierder is op haar afkomst. Tenslotte heeft ons papa binst de oorlog heldendaden verricht, en dat in het grootste geheim! Tijdens de bezetting, op gevaar voor zijn eigen leven, heeft onze vader, Henri De Wolf, onder het oog van de Duitsers vluchtelingen in zijn laboratorium opgenomen vanachter in de hof.' Louise laat haar stem zakken alsof de verstekelingen zich daar in de tuin decennia later nog schuilhouden.

Mariëtte zit vol ongeduld te knikken – waarom gooit Wis het prachtige, pakkende verhaal te grabbel alsof het een fait divers is, terwijl zij het op gepaste wijze aan meneer Aloïs wilde meedelen.

'En past op!' Louise steekt een benig vingertje in de hoogte. 'Daar waren ook Joden bij – ik moet er geen tekening bij maken, zeker – en toch heeft hij daar na de oorlog nooit over gestoeft, zo was hij niet, ons vader. Integendeel. Hij heeft mij en Mariëtte verboden daarover te spreken – de anderen waren nog te klein om iets te beseffen. Wat er in zijn laboratorium gebeurde, moest geheim blijven in ieders belang. "Dat is mijn verantwoordelijkheid", zei hij, tss... Ons papa was een held... tss...'

Mariëtte kan zich niet langer bedwingen en maakt snel gebruik van Louises adempauze.

'Op een keer, in 't jaar '43, midden in de oorlog, trek ik de kleerkast van kamer 3 open – dat is tegenwoordig uw kamer, meneer Aloïs, ze is ondertussen natuurlijk gemoderniseerd, ik spreek van binst de oorlog, lang voor de renovatiewerken. Ik was dus uw kamer aan het opruimen nadat er een aantal weken een niet-begeleide vrouw gelogeerd had die onder de naam Verhaeren Daniella, als *institutrice*, lerares, in het register was ingeschreven. Ik trek de kleerkast open en ik vind daar een oude, tot op de draad versleten vellen frak, achtergelaten of doelbewust vergeten. En ik vind in de binnenzak een verfrommeld briefke met daarop van die rare tekens en cijfertjes.'

'Codezinnen', vult Louise aan, die popelt om het verhaal weer over te nemen.

'Geheimtaal', haast Jet zich. 'We hebben de pelsen mantel direct achter in de tuin verbrand, zo'n vuil, smerig ding vol kale plekken. En we ontdekten dat er overal, maar werkelijk o-ver-al tussen de naden en in de voering van de frak van die samengeplooide papiersnippers met van diezelfde geheime boodschappen verstopt zaten. Curieus hé? Echt spijtig dat we die briefjes mee verbrand hebben, vind ik. Achteraf is onze frank gevallen, die vrouw zat in het verzet, ons gasthof was haar toevluchtsoord, zo hebben wij op discrete wijze bijgedragen aan de vrede. We hebben er nog navraag naar gedaan, maar we konden Daniella Verhaeren niet meer opsporen, we hebben nooit geweten wat er van haar terecht is gekomen.' Mariëtte kijkt Aloïs Opsomer indringend aan, haar boezem gaat op en neer.

'Die vrouw kan evengoed voor de Duitsers gespioneerd hebben', werpt mevrouw De Roeck op. 'Ge kunt dat nooit met zekerheid zeggen, ze kan dubbelspionne geweest zijn. Ze veranderen van naam en van kamp met hetzelfde gemak als ze van frak veranderen.'

Dat vindt Sorgeloos een grappige opmerking, hij verslikt zich bijna.

'Ze zouden er bij de Staatsveiligheid niet mee lachen! Wat 'n lichtzinnigheid van u', sneert mevrouw De Roeck. 'Meneer Tapijt', mompelt ze.

'Wat was toen de houding van meneer uw vader in deze kwestie?' vraagt Opsomer geboeid.

Mariëttes blik haakt zich gretig in zijn staalgrijze ogen.

'Horen, zien en zwijgen was papa's devies, zeker in oorlogstijd. U begrijpt dat dit absoluut geen laffe houding van hem was. Weet u, ik mis hem nog altijd, zijn ervaring, zijn wijze raad, zijn kennis en kunde. De beschutting en bescherming die hij bood, niet alleen als vader maar ook als geneesheer. Hij was een man die onder alle omstandigheden voor het leven koos', mijmert Jet, haar pupillen groot, haar ogen stralend. 'Een man uit één stuk, altijd bereid om te helpen, de blik hoopvol op de toekomst gericht. Een baken, een veilige haven, een...'

'Spijtig dat hij niet meer leeft', stuit Louise de ode, 'en dat wij onze leidsman kwijt zijn – wie wilt er nog het laatste klutske soep?'

Niemand antwoordt, daarom begint ze alvast de borden kletterend te verzamelen.

'De wereld is zijn leidsman kwijt', verzucht Stella, die denkt dat het nog over Kennedy gaat.

'Alsof één mens op zijn allene een wereldoorlog kan voorkomen', argumenteert mevrouw De Roeck in zichzelf.

7

Estelle haast zich naar de ontvangstbalie.

In het kantoortje staat een grote, rijzige vrouw in bleekgrijze mantel van wolfsvacht en bijbehorende bontmuts, alsof het nog ijzig koud is, naar het hand- en naaiwerk te kijken dat achter het raam als in een winkelvitrine ligt uitgestald.

Beneden blijft een zwarte taxi met draaiende motor voor Viersprong staan wachten.

De dame heeft de allure van een gravin of iemand van adel, misschien is ze filmster of showvedette, een mannequin of fotomodel op doorreis die een souvenirtje uit België wil meenemen.

'Mademoiselle Estelle De Wolf?' vraagt de vrouw met gebrekkig Franse tongval.

Ze ziet er moe uit, een beetje treurig misschien, maar wat een mooie, regelmatige gelaatstrekken en wat een gedistingeerde houding heeft ze!

'Dat ben ik, ja, Estelle. Waarmee kan ik u van dienst zijn, mevrouw?' Stella knikt beleefd. Ze is onder de indruk van de bijzondere verschijning heel voorkomend gaan praten.

'Mademoiselle Estelle!' herhaalt de elegante dame. Ze schudt Stella de hand en lacht haar toe alsof ze een goede vriendin na lange tijd weerziet. Nu pas ziet Estelle hoe jong de vrouw is, ergens vooraan in de twintig, een meisje nog.

'Wat kan ik voor u doen?' vraagt ze opnieuw.

De mooie dame blijft haar de hand drukken en haar in de ogen kijken alsof ze op zoek is naar herkenning. Stella voelt enige gêne, draait zich weg van de klant en gaat achter de balie staan.

'Zeg het maar, madame', zegt ze met een glimlach. 'Het is allemaal écht handwerk, sommige *pièces uniques* nog door onze moeder gemaakt.'

De onbekende neemt een brief uit haar handtasje en overhandigt hem zonder één woord aan Estelle.

'Aan Mejuffrouw De Wolf Estelle, p/a Gasthof Viersprong', staat boven het adres op de envelop getypt, en op de keerzijde 'afzender Vandewalle A.' Freddy! Dit kan geen toeval zijn.

Stella wordt een kramp in haar onderbuik gewaar, ze spiedt naar het serene gezicht van de dame.

'You from America?' vraagt ze en ze scheurt met haar lange spitse duimnagel de envelop open. Popelend vouwt ze het handgeschreven velletje open. Er zit een bankbiljet van 500 frank tussen het briefpapier.

Geld heeft hij haar nooit toegestopt, dat zou ze niet gewild hebben. Met geld koop je iets of laat je je betalen. Alfred gaf haar een broche met halfedelstenen erin cadeau. Geld is geen geschenk.

'Lieve mejuffrouw Estelle', leest ze – er staat geen plaats of datum vermeld – in Alfreds verzorgde, krachtige handschrift. En gelijk schiet haar gemoed vol.

Lieve mejuffrouw Estelle,

Wil zo goed zijn in uw Gasthof dringend onderkomen te bezorgen aan mevrouw Nina Grekova, die u volgens afspraak dit schrijven bezorgt.

Mevrouw Grekova is een goede kennis van mij, afkomstig uit Wit-Rusland, alwaar zij zopas een echtscheiding heeft doorgemaakt. In alle anonimiteit en stilte komt ze na deze zware slag rust en bezinning in België zoeken. Er verblijft te Brussel nog familie van haar inmiddels overleden moeder, die ze volgaarne wil opzoeken; zélf verkiest mevrouw Grekova de geborgenheid van een kleine stad. Ik heb haar uw voortreffelijk pension aangeraden.

Wanneer u momenteel volgeboekt zoudt zijn, neemt mevrouw in afwachting van een comfortabeler kamer genoegen met de kleine noodkamer. Zij spreekt enkel Russisch. Samen rekenen wij op uw discretie.

Met gevoelens van dankbaarheid, genegenheid en immer durende hoogachting,
Uw Alfred Vandewalle

PS Mag ik u en de uwen bij dezen ietwat laattijdig weliswaar maar daarom niet minder welgemeend mijn beste en vredevolle wensen voor het jaar 1964 aanbieden?

De brief is tegelijk afstandelijk en nabij, denkt Stella verward. Ze kleurt hoogrood.

'You from Russia', fluistert ze hees en ze vouwt het bankbiljet dubbel, vouwt het nog eens en nog eens tot het nog slechts een kleine prop is, die ze in de zak van haar gebreide wollen jasje stopt.

Hij heeft de Russin over het bestaan van het kamertje verteld! Het noodkamertje op de tussenverdieping met de oude beukenhouten linnenkast en het bed, een twijfelaar. Het is niet veel groter dan een ingebouwde muurkast en werd na de oorlog uitsluitend als bergruimte voor het witgoed gebruikt. En als hun geheime rendez-vousplek.

Weer zit ze naast Alfred op de twijfelaar. Ze voelt de warmte van zijn handen eerst rond de hare, dan onder haar rokken. Zijn vochtige adem die ritmisch blaast in haar nek, waar ze de haartjes voelt trillen. O Freddy, denkt ze en ze hoort opnieuw het gedempte steunen en kraken van het oude bed op de plankenvloer.

'Ça va, mademoiselle Estelle?' De Russische dame kijkt zorgelijk.

Stella knikt onduidelijk bevestigend of ontkennend.

'Ça va, mademoiselle?'

Meer Frans lijkt Nina Grekova niet meester te zijn.

Mevrouw Grekova is een goede kennis van mij, schrijft hij, en wat is zij dan, een even goede of nog betere kennis gewéést?

Stella houdt de vreemdelinge de brief voor, als een rode lap voor een stier. Er welt een grote boosheid in haar op.

'We hebben helaas alléén deze noodkamer nog vrij, mevrouw', zegt ze, waarbij ze het woord 'noodkamer' met haar spitse nagelpunt onderstreept of beter doorkerft. Er blijft een lelijke kreuk in het papier achter. 'Maar dat zou voor u, als goede kennis, geen bezwaar zijn, lees ik', zegt ze giftig.

'Ça va, mademoiselle?' vraagt de Russin bezorgd.

Stella antwoordt niet.

'Mademoiselle Estelle?'

'We zullen de twee woorden die ge verstaat ook maar gebruiken', zegt Stella misprijzend. 'Oui, ça va.'

'Izwinitje pazjllaloesta, ja was ni panimajoe', reageert de dame.

Stella zwaait ostentatief met de brief. 'Het is ook ça va voor Vandewalle, hij schrijft het hier, plus dat ge de ballen verstaat van al wat ik zeg, dat schrijft meneer van 't gouvernement ook.'

'Fantjefalli!' De Russin legt de hand op het hart en glimlacht fijntjes. 'Fantjefalli!'

Nu pas herkent Stella Freddy's naam achter de schabouwelijke uitspraak.

'Juist ja, Vandewalle, onze gemeenschappelijke kennis.' Het klinkt schamper terwijl er toch weer een pijnscheut door haar borst gaat.

De smeekbrief voor de Russin is op een onbeduidende prentkaart na het allereerste teken van leven dat ze na al die tijd van haar oud-minnaar krijgt.

Heeft meneer Vandewalle u ook het hof gemaakt, heeft hij met u gevrijd, uw kop zot gemaakt, wil hij u hier na gebruik komen dumpen, schiet het door Stella's hoofd.

'Alfrid Fantjefalli!'

De vermoeide uitdrukking op het gezicht van de Russin is verdwenen, ze begint vrijuit in het Russisch praten.

Stella begrijpt er geen gebenedijd woord van. Ze kent op *da* en *njet* na niet één Russisch woord.

Nina Grekova grijpt plots Estelles handen beet en drukt er een kus op.

Dan neemt ze de bontmuts van het hoofd – haar helblonde, golvende haren komen vrij – en zwaait met het hoofddeksel voor het vensterraam naar de auto, waar de chauffeur nog altijd geduldig achter het stuur voor zich uit zit te staren.

Dat hij ondanks al dat wuiven nog altijd niets merkt, vindt Grekova best grappig.

Ze legt haar dure muts op de balie, opgewekt babbelend van 'tsji' en 'tsjwoe' en 'tsja', zet er het witte kalfslederen koffertje op, dat zolang naast haar voeten stond, en haast zich naar buiten.

Estelle volgt haar op de voet naar buiten en kijkt onder aan de trap toe hoe de taxichauffeur een grote geblokte koffer uit de kofferbak tilt en op de stoep naast haar zet.

'Ça va, ça va, monsieur.'

Hij hoeft de bagage niet naar binnen te dragen. Ze betaalt de rit royaal met een biljet waarvoor ze geen wisselgeld wil. Van het station zal ze niet komen, denkt Stella.

'Ça va, merci!' Grekova wuift de man na.

Hij steekt even zijn hand op en verdwijnt in zijn auto.

'Hij heeft u toch niet van Wit-Rusland tot hier gebracht, zeker?' vraagt Stella – ze wordt toch niet begrepen. 'Toch niet om mij hier nu met uw valies te laten sleuren', mummelt ze. Rijke mensen zijn raar.

'Wat is dat hier allemaal, Estelle?'

Mariëtte staat in het deurgat op het bordes het tafereel gade te slaan.

'Een gaste, tiens, een logee,' zegt Stella droog, 'waar gij als zaakvoerster en econome van een logementshuis nog altijd van verschiet!'

'Maar we zitten vol', fluistert Jet paniekerig. 'En mevrouw heeft niet gereserveerd!'

Stella snoert haar zuster de mond. 'Madame hier is in nood, ze kan en ze wil nergens anders naartoe, is content met de kleine reservekamer en gaat alles schonekes op voorhand betalen.' Ze kan de koffer die ze met haar knie stut maar met moeite in evenwicht houden.

'Nietwaar, madame Grekova, ça va?'

'Oui, mademoiselle Estelle', knikt de dame dankbaar.

Mariëtte ziet Stella's naakte knie en het stuk dij dat bleek en bloot meer en meer vrijkomt tijdens het sjouwen. Van onderuit gezien zal dat een nog onwelvoeglijker zicht zijn, bedenkt ze. Gelukkig is er niemand in aantocht.

'Wacht, dames, ik kom helpen', haast ze zich te zeggen.

Ze daalt de treden af, neemt het handvat van de koffer van haar zus over, fluistert: 'Trekt uw rok naar beneden', en draagt vrijwel moeiteloos op haar eentje de koffer naar boven.

Estelle en de gaste lopen achter haar aan de hal binnen.

'Welkom in pension Viersprong, mevrouw!' Jet zet de koffer neer en spreidt haar armen. 'Ik ben juffrouw Mariette, zaakvoerster en econome. Als u, zoals mijn zuster beweert, geen bezwaar hebt om voorlopig in de kleine noodkamer te verblijven, zullen we u daar met de beste zorgen omringen.'

Ze drukt de hand van de gaste. Hoe komt deze chique dame onaangekondigd bij ons terecht, vraagt ze zich af.

'Mag ik u de raad geven ons in het vervolg op voorhand van uw komst te verwittigen, mits 'n telefoontje, 'n eenvoudig briefje of telegram, dan kunnen wij u in de toekomst...'

''t Is al goed Jet, met uw tralala', onderbreekt Stella de bombarie van haar zus. 'Ik heb mevrouw Grekova al uitgebreid ingelicht. Ze wéét al alles, ook dat gij hier altijd de baas speelt.'

Mariëttes mond valt perplex open.

'N'est-ce pas, madame Grekova?'

Met de rug naar hen toe gekeerd plukt de dame gracieus haar bontmuts en handkoffer van de balie. 'Oui, ça va, mademoiselle Estelle.'

Pas nu dringt het tot Jet door dat de nieuwe gaste geen Nederlands begrijpt.

'Estelle, stout vel...' sist ze ingehouden.

8

In de eetzaal van Viersprong lijkt de lente tastbaar in de lucht te hangen.

Nicola Galli zet het kleine 45 toerenplaatje nog maar eens op. Het liedje duurt maar enkele minuten, daarom loopt hij niet te ver van het muziekmeubel vandaan.

Voordat iedereen aan tafel gaat, kunnen de neven nog één keer uit volle borst meezingen: 'Marina, Marina, Marina, ti voglio al più presto sposar!'

Het is alsof de eerste aarzelende zon iedereen heeft aangestoken. Zelfs Louise ziet er vrolijk uit en neuriet mee.

Nina Grekova zal voor het eerst sinds haar aankomst de maaltijd met allen delen, wat Mariëtte opeens overmoedig de uitroep ontlokt: 'De wereld zit aan de tafel van Viersprong!' Het had in de pensionsbrochure kunnen staan. Met een foto van de gedekte tafel erbij: twee ovenschotels met macaroni in kaas- en tomatensaus.

Ze lacht gul. 'Allee vooruit, laat het muziekske nog maar 'ns draaien, als gezang voor het eten.'

Judith heeft het plaatje gekocht om het te leren naspelen voor The Telstars.

'Marina, Marina, Marina', heffen Nicola en Lamberto het lied opnieuw aan en op de oude mevrouw De Roeck na begint iedereen spontaan mee te zingen, zelfs de Russin.

'Ti voglio al più presto sposar? Ik wil dringend met u trouwen', vertaalt Lamberto razendsnel voor zijn bevallige Russische buurvrouw voor hij verder zingt.

'O mia bella mora, no non mi lasciare, non mi devi rovinare...' gaan de Italianen smachtend voluit.

'Oh, no, no, no, no, no...!' vallen de disgenoten bij. 'Oh, no, no, no, no, no...'

Ondertussen helpen Judith en Mariëtte de gasten bij het opscheppen van de nog erg hete maaltijd.

'Het landwijntje komt uit Italië', prevelt Louise na de dankzegging alsof het bij haar gebed hoort. Niemand schenkt aandacht aan haar, haar maaltijd wordt daarentegen alle eer aangedaan.

'Rocco is ons grootste voorbeeld, wij zijn ook uit Calabrië gekomen', vertrouwt Lamberto, met volle mond, de Russische toe. 'Rocco is beroemd tot in Amerika!'

'Dat jong volk peinst dat het in de wereld van de showbizz en de sport gemakkelijk is om carrière te maken, nietwaar meneer Opsomer?' zegt mevrouw De Roeck smalend.

'Ik heb u niet verstaan, mevrouw', antwoordt Aloïs Opsomer beleefd. Hij biedt haar zijn oorschelp aan.

'U die in contact komt met de communistische wereld, heeft u nooit spionnen ontmoet?' vraagt mevrouw De Roeck, razendsnel van onderwerp switchend.

'Wat... ik begrijp u niet goed, geloof ik.' Opsomer neemt een hap van de pasta.

'Ik vroeg of u nooit met spionage geconfronteerd werd?'

'Spionage?'

'Neem nu die vrouw van lichte zeden.' Mevrouw De Roeck spiedt naar de glamoureuze Russin aan de overkant van de tafel. 'Hoe heet ze, Christine Keeler, die ze in verband hebben gebracht met Kennedy. Ze zou ook een affaire gehad hebben met de minister van landsverdediging van Engeland, Parfum, eh, Profumo, én het tegelijk met een Sovjetdiplomaat hebben aangelegd! Hoerderij en spionage gaan dikwijls hand in hand.'

'En wat was uw vraag precies?' vraagt Opsomer opnieuw.

'Heeft hij met "Marina" het liedjesfestival van San Remo niet gewonnen?' vraagt Gaston Sorgeloos, gloeiend van het eten, het zingen en het eerste glas wijn.

'Maar nee, meneer Gaston, een liedje moet niet per se een wedstrijd winnen om toch een wereldwijde hit te worden', antwoordt Judith. 'Neem nu "Zwei kleine Italiener", dat eindigde op de zesde plaats in het Eurovisiesongfestival en bestaat er een beroemder liedje?'

'Ha natuurlijk, zwei kleine Italiener, die träumen von Napoli!' heft Sorgeloos' volumineuze bariton aan.

'Dat is niet van Rocco Granata!' Nicola lacht en stoot zijn neef aan.

Lamberto heeft alleen oog voor de mooie blondine en lijkt hem botweg te negeren.

'Da's van Conny Froboess', antwoordt Judith.

'Beseft ge dat zij in feite een geheim agente is, meneer Opsomer?' beweert mevrouw De Roeck. 'Ze opereert als dubbelspion. "Callgirl" klinkt misschien wel chic, maar het betekent toch alle gelijk prostituee.'

Wéér blikt ze met half dichtgeknepen spiedende ogen naar de overkant, waar Nina Grekova nietsvermoedend van haar bord zit te eten als een vogeltje.

'Een hoer, dat ik het zo lelijk moet zeggen, die Christine Keeler', sist mevrouw De Roeck giftig.

'Haar liedje heeft het publiek het meest geraakt', zegt Judith.

Estelle en zij hadden destijds een eigen variatie op het refrein bedacht, waarin ze Froboess' Italianen door hun eigenste kleine Italiaantjes vervingen.

'Weet ge 't nog, Stella?' vraagt Judith en ze zingt: 'Nicola en Lamberto, die warten schon lang auf zie, zwei kleine Italiëner die sind zo allein...'

Estelle zit star voor zich uit te kijken.

'Wat is er met u, Stella? Ge zijt zo stil.'

'Nee, niks.' Estelle eet langzaam verder.

'Da da Belarus, Biellorussie.' Grekova knikt innemend naar Lamberto naast zich, en naar de overkant van de tafel, waar de heren Sorgeloos en Opsomer haar verrukt aanstaren.

Terwijl ze de vingertoppen van haar blanke hand haast teder op haar hartstreek houdt, bekent ze: 'Ia priièkhala is Russie blanche.'

Mariëtte ziet het en registreert. De bête bewondering voor het karakterloze mannequinmodel steekt haar.

'Wit-Rusland!' raadt de anders zo gereserveerde Opsomer als eerste.

'Mevrouw komt uit Wit-Rusland!' herhaalt Sorgeloos, kinderlijk blij alsof hij het zelf ontdekt heeft. 'Belarus, bella russin, bella bella dona, hé gasten', gekscheert hij tegen de Italianen en hij trekt daarbij ruw zijn rechterooglid naar beneden. 'Mon oeil!'

'Verbetert mij als ik verkeerd ben hé, maar we zitten wij hier toch werkelijk omringd door schone vrouwmensen, vind ik!'

Uit piëteit ziet hij daarbij Louises in elkaar gedoken gestalte over het hoofd.

Haar treft geen schuld. De Russin niet, denkt Stella. Ze is haar door hém toevertrouwd, opgedrongen met een of andere smoes in een brief met wat smeergeld. Bewijzen zijn er niet. De brief is verscheurd en verbrand, geld draagt geen naam en ze heeft het al lang uitgegeven. Het ergste is dat ze hem eigenlijk bijna helemaal vergeten was en dat ze nu weer constant en heviger dan tevoren aan hem moet terugdenken. Hij heeft nog altijd niets meer van zich laten horen.

Ze weet nog altijd niet hoe ze hem kan bereiken, heeft het nooit geweten.

Vroeger belde Vandewalle haar altijd zelf of hij stond hier opeens onaangekondigd.

Nina Grekova kan Freddy zomaar bellen, ze heeft zijn telefoonnummer. Stella weet het zeker.

'Da da Belarus', bevestigt de Russin aan de disgenoten.

Zoals ze het door de publieke telefoon in de hal zei, met dezelfde stembuiging, merkt Stella. 'Da da da, da da...' hoorde Stella, en daaropvolgend een reeks zacht geprevelde onverstaanbare zinnen met niet één njet erbij, maar vele steelse, onderdrukte lachjes.

Estelle heeft staan luistervinken, achter de op een kier staande deur van de receptie annex broderiewinkel. Sinds de houten telefooncabine op de gang werd vervangen door een moderne muntjestelefoon in een halve bol van doorschijnend plastic, kun je gemakkelijk flarden van gesprekken opvangen.

De vertrouwelijke, bijna tedere toon in Grekova's melodische zinnen had haar getroffen. Ze had moeiteloos woorden als 'Broeksel' en 'Otel' herkend als 'Bruxelles' en 'hotel'. En ze had de Russische flirterig horen lachen. Met dat grote liefdesverdriet van madame valt het me dunkt nogal mee, dacht ze, en bijna op hetzelfde moment begreep ze, verstond ze Grekova's woorden 'Ja tabe kahajoe', alsof het haar eigen moedertaal was. 'Ja vas loejoebljoe, Alfrid...'

Alles was opeens glashelder geworden. Grekova was Freds nieuwe vlam. Smartelijker dan ooit was de pijnscheut door Stella's onderbuik gegaan.

Alfred Vandewalle had haar misbruikt en misbruikte haar weer door haar voor zijn nieuwe minnares te laten zorgen. Hij had haar trouw gezworen zonder dat hij het meende. Was die man werkelijk schaamteloos?

Of beeldde zij zich het hele verhaal in, zoals Judith beweerde?

Waarom had ze de handgeschreven brief in duizend stukjes gescheurd en verbrand? Als ze Alfreds bericht bewaard had, kon ze zwart op wit zijn ontrouw en verraad bewijzen.

'Wat denkt u feitelijk over de toestand in de wereld, madame Grekova?' vraagt mevrouw De Roeck.

'Pardon?'

'Que pensez-vous de la situation politique dans le monde?' herhaalt de oude als een onderwijzeres bij een overhoring.

Het gezicht van de Russin blijft blank, ze trekt haar wenkbrauwen even op – wat haar een hautaine expressie geeft – en schudt glimlachend haar hoofd.

'Sommige gasten zijn op hun privacy gesteld, madame De Roeck', zegt Mariëtte.

Ze heeft uitdrukkelijk verboden enige allusie te maken op de afkomst van de gasten in het algemeen en in het bijzonder van de nieuw aangekomenen. En het is niet omdat De Roeck hier levenslang verblijft dat ze haar daarmee ook het fiat geven de gasten op korter verblijf tot het eind van haar dagen te bekritiseren.

'Madame Grekova verstaat ons niet, madame De Roeck, ze spreekt geen Vlaams of geen Frans', poneert Louise opmerkelijk beslist.

Louise heeft het vermoeden dat de onbekende verstekelinge hier van heel andere dingen moet bekomen dan van een echtscheiding – wat haar zusters ook mogen beweren. Horen, zien en zwijgen, zei papa altijd. Trouwens, de discretie waarop de Russische rekent, komt hen tegenover de fiscus goed uit. De opbrengst van het noodkamertje is helemaal zwart, dus zuivere winst. De niet-reglementaire verhuur ervan brengt de gezusters een héél aardige onbelaste frank op, terwijl geen van hen een noemenswaardige tegenprestatie hoeft te leveren. Bovendien zijn er weinig kosten voor hun ongeregistreerde klant, ze eet als een vogeltje. Het zwarte kamertje zou het gouden kamertje mogen heten.

Belastingontduiking is geen zwaar vergrijp, niet in hun geval, vindt Louise.

'Mijn echtgenoot, majoor bij het Belgisch leger geweest, kende zijn Frans lijk zijn Vlaams, en al sprak hij geen woord Duits of Engels, hij verstond ze heel goed. Ge kunt een taal begrijpen zonder ze te spreken', zegt de weduwe, waarna ze zich frontaal op de Russin richt.

'Ver-staat u mij-ne spraak, madame Grekova?'

De Russische knikt nederig. Ze bloost aandoenlijk en brengt haar vingertoppen naar haar mond.

'Ge brengt het schaap in verlegenheid, madame De Roeck', zegt Sorgeloos.

'Gij geen Vlaams spreken maar gij wel Vlaams verstaan, hé?' Mevrouw De Roeck steekt haar nek vooruit als een kalkoen.

Grekova haalt de sierlijke hand van haar lippen weg – een vlindertje dat wegfladdert. 'In pee,' fluistert ze, 'in pittie pittie pittie pee Flams.' Ter verduidelijking toont ze tussen gestrekte duim en wijsvinger een minieme afstand, nog niet één centimeter waartussen: lucht, ruimte, niets.

'Ha un petit peu, 'n kleine beetje, wilt ze zeggen', vertaalt Lamberto snel.

De Italiaan neemt het op voor de dame aan zijn zijde. Hij is verrukt door haar geparfumeerde, bedwelmende nabijheid – waaraan heeft hij dit geluk verdiend?

Hij neigt naar haar wang en fluistert in haar fraaie oor: 'Gij leert rap, madame.' Het klinkt als ijl vibrerend gezoem, in het geheel niet mannelijk zoals hij graag wil.

De donsjes op signorina Nina's fijngetekende gezicht, door zijn adem in beweging gebracht, trillen in het tegenlicht. Hoe verlangt hij ernaar die wang, dat oor, die mond te kussen! Nooit heeft Lamberto Esposito een begeerlijker vrouw gezien.

'Ja, het kan rap gaan, mensen', beaamt Sorgeloos joviaal als altijd. 'Ons eigenste *zwei kleine Italiëner* zijn daar het schoonste voorbeeld van. Zij konden al na een half jaar in 't Vlaams hun plan trekken!'

Hij heeft nog wel zin in een laatste portietje pasta, ziet dat de schotels zo goed als leeggeschraapt zijn en vraagt: 'Zit er niet nog een laatste pot in de oven, juffrouw Louise, of heb ik dat verkeerd verstaan?'

'Zeker, meneer Gaston, er is vaneigen nog.' Chef-kok Louise glundert.

'Vlaams is nie moeilijk, signorina', spreekt Lamberto tot het elegante profiel naast zich. Hij wil niets liever dan haar persoonlijke leraar worden.

Mariëtte heeft het gezien. Als ze kon, bliksemde ze Lamberto neer met haar blik. Maar dat kan ze niet, ze kan alleen opspringen en aankondigen – roepen eigenlijk: 'Er is nog meer macaroni voor de liefhebbers!'

'Ik had niet anders verwacht, juffrouw Mariëtte, en daarbij...' Sorgeloos richt zich schalks tot de hele tafel. '...Vlaams is bijlange niet zo moeilijk als Russisch, hahaha.'

Mariëtte neemt de ovenwanten en een lege schotel van tafel op, werpt een furieuze blik naar de Italiaan – vrouwenzotten zijn het, allemaal – en haast zich de eetkamer uit.

'Nou, ikzelf begrijp vaak geen ene moer van jullie Vlaams, man!' reageert Koos Polderdam uitgelaten – het landwijntje uit Italië mag er best zijn, vindt hij.

Opnieuw valt het Judith op hoe stil Estelle naast haar zit, haast zonder te bewegen. Als gebeiteld, zonder over iets mee te praten. Zonder te eten houdt ze mes en vork als gevechtswapens in de hand.

'Scheelt er iets met u, zus?' vraagt Judith zacht.

Mariëtte, de handen in ovenwanten, de aardewerk schotel gracieus ter hoogte van haar boezem geheven, komt de eetkamer in.

Ze schrikt buitensporig, laat bijna het eten uit haar handen vallen. Daar, te midden van het geanimeerde gezelschap, ziet ze Estelle zitten, doodstil, bleek en afwezig als een wassen pop, een levende dode.

Estelle houdt de ogen gefixeerd op het tafellaken. Ze zit slapend te staren naar iets vlakbij en tegelijk ver weg – een vlek ergens in het midden van het tafelblad? Haar gezicht is witter nog dan het pasgebleekte linnen. Haar handen tot vuisten gebald aan weerszijden van haar bord, houden mes en vork links en rechts kinderlijk rechtop.

Hoe is het in godsnaam mogelijk dat Mariëtte het niet heeft zien aankomen! Dat geen van hen het heeft gezien.

Louise en Judith registreren haar schok gelijktijdig en zien de plotse paniek.

Het is weer zover met Estelle!

Er rest geen tijd om te denken, er moet gehandeld worden. Daarbij is het van groot belang niet de minste onrust onder de gasten te zaaien.

Judith en Louise springen op om zich over Estelle ontfermen.

'Voilà c'est ça, mesdames et messieurs!'

Mariëtte trekt de aandacht van de klanten en loopt met overdreven bravoure naar de tafel, waar ze met ongebruikelijk veel kabaal de dampende spijs op de onderlegger plaatst.

'Voor wie nog een laatste portie lekkere macaroni? Meneer Gaston, laat *el vino* nog maar eens rondgaan hé, en is de karaf leeg, we vullen ze wel weer bij.' Ze babbelt alsof ze in opperbeste luim is.

Ondertussen buigen de zussen zich over Estelle in de hoop haar van de anderen af te schermen. Ze fluisteren geruststellende woordjes.

De Nederlander heeft gemerkt dat er iets niet in de haak is en probeert achter Louises gekromde rug naar juffrouw Estelle te kijken.

'Meneer Polderdam, kan ik u alsnog plezieren?' vraagt Mariëtte guitig.

'Ja lekker, juffrouw Mariëtte.' Het kan niet ontkend worden dat Polderman Koos in Viersprong al aardig wat kilootjes is bijgekomen.

Louise probeert Stella's vingers te openen – die lijken bevroren – zodat ze het bestek tenminste loslaat. Judith spreekt haar ondertussen zacht paaiend toe.

'Stellaatje, Zuske, kom mee schatteke, kom, we gaan 'n beetje liggen hé, we moeten 'n klein beetje rusten, op bed, allee kom...'

Ter hoogte van de slaap is een kloppende, pompende ader zichtbaar, een rusteloos, onderhuids gravend wormpje.

Judith strijkt langs de warrige haren. 'Zuskeje, hoort ge mij?'

Stella's wangen voelen ijzig koud aan. Ze knippert niet eens met haar ogen.

Louise zal desnoods mét geweld mes en vork uit Stella's ijzeren greep halen en sist: 'Laat los, loslaten, Estelle!'

'Encore des pâtes, pour vous aussi, madame?' vraagt Mariëtte welluidend.

Ze werpt een bezorgde blik naar de overkant van de tafel, waar maar geen beweging in de delicate zaak komt.

'Pardon?'

'Encore un peu... in pittie pittie pee de pâte, madame?' grapt Jet, Grekova's uitspraak imiterend. Het heeft iets wanhopigs.

Sorgeloos barst in lachen uit.

'Dat doet me ineens aan iets denken, 'n goeie mop', zegt hij. 'Het kruipt onder de grond, is zwart en eet macaroni, wat is het?'

Meneer Gaston knijpt zijn ondeugende oogjes tot spleetjes en spiedt onderwijl naar de neven: 'Gijlie moet zwijgen, want ge weet de oplossing hé.'

Het wordt stil rond de tafel.

'Allee, wie weet het?' dringt Sorgeloos aan.

'Maar ge geeft ons de pap in de mond, een Italiaan natuurlijk', antwoordt mevrouw De Roeck zuur.

'Verkeerd, ik heb u allemaal op een dwaalspoor gezet. 't Is zwart, zit onder de grond en 't eet macaroni, wat is het?'

Niemand die het antwoord weet of die het nog lijkt te zoeken.

'Een mijnwerker vaneigen, hahaha.' Sorgeloos schuddebuikt van plezier, hij alleen lacht.

'Neeeeeeeeeeeeeeeeeeeeeeeeeeeeeeeeeeeeeee!'

Estelle gilt als de sirene van een overvliegende trein.

Haar stem gaat door merg en been, haar hoofd is bloedrood geworden.

Iedereen kijkt verrast op.

Estelles borst blijft heftig op en neer gaan, ook na haar schreeuw, alsof zijzelf nog het meest is geschrokken. Ze houdt de verbijsterde blik star op het tafellaken gericht. Judith en Louise staan verslagen naast haar.

De trein van 19.45 uur nadert het station en breekt de bevreemdende stilte.

Alsof de pensiongasten toeschouwers zijn, een publiek dat ergens op wacht, op de afloop van een toneelstuk dat de gezusters De Wolf opvoeren.

Vooruit, redden wat er te redden valt, denkt Mariëtte.

'Beste mensen,' zegt ze, 'mejuffrouw Estelle is over haar toeren geraakt, geloof ik. Gelieve haar te verontschuldigen. Onze zuster heeft een gevoelige persoonlijkheid.'

Met een korte wenk van haar hoofd maant ze Louise en Judith tot actie: breng haar naar haar kamer.

'Is er iets wat ik voor u doen kan, juffrouw Estelle?' vraagt Koos Polderdam onverwacht.

'Juffrouw Estelle?' Voorzichtig raakt hij haar arm aan en hij schudt haar zachtjes.

'Laat maar, meneer Polderdam,' haast Mariëtte zich, 'het heeft geen zin.'

Alsof ze door een hypnotiseur is aangeraakt, knippert Estelle met haar ogen en komt tot leven. Estelle ontwaakt, de blik nog wat troebel.

Langzaam draait ze haar hoofd, ze kijkt Polderdam aan en glimlacht hartveroverend. De schone slaapster is tot leven gewekt!

De gasten volgen de wederopstanding mee.

'Ik-ik-ik-koos-koos-ik', stottert ze, of iets van die strekking. Het klinkt aarzelend en onzeker, misschien is het een vraag.

'Ziet, alles komt goed, mensen!' verkondigt Mariëtte luid als op een marktplein. 'Onze juffrouw Estelle moet alleen nog flink rusten.' Ze grijpt de dienlepel om tot de orde van de dag over te gaan.

'Laat het leven niet koud worden, maar tast toe!' 'Leven' zegt ze, terwijl ze eten, voedsel, macaroni uit de oven bedoelde.

Estelle blijft maar naar de Nederlander glimlachen terwijl Judith en Louise haar stevig bij de schouders vastpakken om haar overeind te helpen.

Dan staat ze uit zichzelf op. Achteloos laat ze het mes en de vork uit haar vuisten vallen. Het bestek klettert op het parket.

Met de vingers wijd gespreid, de palmen als beschuttende kommetjes, rijst ze boven de witgedekte tafel op – zodat iedereen het kan zien – en ze drukt beide handen liefdevol op haar onderbuik.

Op haar wangen tekent zich een mooie, verleidelijke blos. Ze kijkt de tafel rond met levendig schitterende ogen.

'Beste mensen, alles komt goed, want kijk, ik draag een kind in mijn schoot.'

Het klinkt lucide en ze straalt.

Louise slaat een kruisteken, Mariëtte en Judith kijken elkaar verschrikt aan.

Iederéén moet Stella's boodschap duidelijk gehoord en begrepen hebben – op de Italianen en de Russin na, misschien.

Mariëtte duizelt en klampt zich vast aan de tafelrand. Een migraineaanval komt als een vloedgolf op haar af.

Estelle glimlacht ontwapenend naar haar en naar de nieuwsgierige mensen rond de tafel. Demonstratief wiegt ze haar onderbuik en glimlacht er vertederd naar, alsof ze de baby daar al in de baarmoeder ziet liggen.

'Kom, Estelle, nu is 't wel!' zegt Judith kordaat, en ze manoeuvreert haar zus de eetkamer uit.

'Ik ben héél gelukkig', zegt Stella met een stralende lach. 'Bedankt meneer Koos, en bedankt iedereen!' Vrolijk zwaait ze naar de verbijsterde toeschouwers. 'Tot binnenkort en amuseert u nog, hé!'

De neven zwaaien aarzelend terug. De andere gasten zijn te zeer onder de indruk of zelfs aangedaan om te reageren.

Polderdam is volledig van de kaart – waarvoor of waarom werd hij persoonlijk bedankt?

Het is kies en verkieslijk te doen alsof niemand Estelles mededeling heeft gehoord of begrepen.

'Mijn gedacht is, eh, en verbetert mij als ik mis ben, maar volgens mij is het bij de juffrouw begonnen met de dood van Kennedy', spreekt Sorgeloos vooral zijn Hollandse buurman troostend toe.

Judith is met Estelle verdwenen. Louise is naar de keuken gevlucht, waar ze zich na een huilbui over het nagerecht ontfermt.

Aldus staat Mariëtte er weer moederziel alleen voor.

'Beste gasten', zegt ze en ze strijkt langs haar pijnlijke slaap – Estelle heeft zopas haar gebruikelijke aanhef bezoedeld, voortaan zal ze 'mensen' door 'gasten' vervangen.

'Ik vrees dat sommigen onder u 'n beetje verschoten zijn, maar ik kan u verzekeren dat de, eh, verwarring, de wartaal van onze zuster, juffrouw Estelle, rap weer overgaat.' Haar stem trilt een beetje. 'Niemand van ons moet zich zorgen baren, binnenkort is de juffrouw weer beter en wij zijn het vergeten. Nietwaar, meneer Sorgeloos, als vriend aan huis zijt gij goed op de hoogte van de voorbijgaande gevoeligheid van ons Estelle?'

Gaston Sorgeloos knikt heftig. 'Ik zeg het hier juist, juffrouw Mariëtte, dat het mijn gedacht is begonnen met de dood...'

'En is het vroeger niet rap gepasseerd, meneer Gaston?' onderbreekt ze de handelsreiziger allervriendelijkst – ze moet doortastend zijn en het vermijden bazig te klinken. Vertrouwen is de basis, wederzijds vertrouwen, huis van vertrouwen, vertrouwen moet worden hersteld. Er valt niemand wat dan ook te verwijten.

'Ja, ja, juffrouw', bevestigt Sorgeloos grootmoedig.

'Hoe minder aandacht eraan besteed wordt, hoe rapper het probleem van de baan is', zegt Mariëtte bijna luchtig.

'Ha, en hier komt onze keukenprinses al met het dessert!' verwelkomt ze Louise, die met een inox dienschaal met daarop twaalf coupes gevuld met karamelflan beheerst haar intrede doet.

9

'Wat is er toch met u, Stella?'

Judith heeft het afgelopen week in alle toonaarden gevraagd, tevergeefs.

Dit keer probeert ze het samenzweerderig slim, alsof ze het antwoord al weet of tenminste vermoedt.

Estelle heeft zich teruggetrokken in haar hoofd en in haar kamertje, waar ze zeven dagen achtereen niet is uitgekomen – behalve om naar de wc op de bovenste verdieping te gaan.

Ze laat alleen Judith binnen om de kan met waswater en het eten te brengen. Ze wil niemand anders zien, ook de dokter niet – al heeft Judith daar in naam van de zussen op aangedrongen.

Estelle blijft beweren dat ze niet ziek is. Ook over de vrucht in haar schoot – of hoe had ze het geformuleerd – heeft ze het niet meer gehad, gelukkig maar.

Ze heeft tien druppels Pulsatilla-tinctuur – een wondermiddel uit papa's tijd – onder haar tong laten druppelen, om te kunnen ontspannen naar geest en lichaam. Valeriaankruid, passiebloem, hop en homeopathische granules blijft ze dagelijks innemen. Maar veel effect hebben die nog niet gehad.

Of toch? Ze is na de uitbarsting wel rustig geworden. Ook daardoor willen Mariëtte en Louise het verloop van wat zij 'de opstoot' noemen nog afwachten, voorlopig wel, maar niet voor eeuwig en drie dagen.

Vorige keer heeft de crisis tot een snelle opname in het Sint-Vincentiusinstituut geleid, maar toen – ondertussen bijna twee jaren geleden – was er geen houden aan geweest, met de beste wil van de wereld niet.

Judith weet het nog goed.

Terwijl Stella deze keer kalmer wordt, was ze toen met het uur drukker geworden. Ze was door het huis beginnen te lopen, trap op en trap af van de zolder naar de kelder, door de tuin, het werkkot en het laboratorium, jachtig kamer in en kamer uit, ramen en deuren open en dicht en weer open gooiend. Ook op de deuren van de gastenkamers was ze paniekerig beginnen aankloppen, stilletjes tikken of drammerig bonzen. Overal knipte ze gedurig de lichten aan en uit, of het nu donker was of klaar.

's Nachts plunderde ze de voorraadkasten in de keuken en de kelder en ze ging onverminderd door met rondzwerven en babbelen, in zichzelf lachen en kwaad of angstig roepen tegen iedereen en alles, kamerplanten, mensen en meubilair, tegen de kippen, de hond, de bomen en hun schaduwen.

Het was voor iedereen een volslagen onmogelijke toestand geworden. Geen gast, geen bewoner vond nog een ogenblik rust. Estelle zou de laatste klant uit Viersprong hebben verjaagd.

Judith had Stella opgejaagd verhalen horen vertellen aan de hond, waar voor een zinnig mens kop noch staart aan zat. En slapen had ze al helemaal niet meer gekund. Ook daardoor was ze algauw helemaal uitgeput en doorgedraaid geweest.

Geernaerts, de huisdokter, was Stella een spuit komen geven. Ze had niet lang verzet geboden.

Judith had haar samen met Jet in bedwang moeten houden. Ze had boven op haar gelegen terwijl de dokter de naald in haar ontblote dij prikte.

Judith kijkt naar haar mooie, kalme zus. Het vervaagde, groezelige beeld wordt weer actueel. Het zal nu anders verlopen, daar zal zij voor zorgen. Misschien is Stella's genezing zelfs al begonnen? Ze slaapt goed en lang, eet met veel smaak, blijft rustig, sereen zelfs. Ook al vertelt ze niet veel – ze houdt haar gedachten liever stilletjes voor zich – ze kraamt tenminste geen ongerijmdheden, geen onzin uit. Ze ziet er content uit. Dat maakt een verschil zo groot als dat tussen hemel en hel.

Het ergste blijft de onzekerheid, de angst. Is ons Estelle in verwachting? Is ze boven op haar zenuwziekte ook nog eens zwanger? Zelf is ze er niet meer op teruggekomen en niemand in huis durft er openlijk over te reppen.

Een dokter kan dat constateren en zekerheid bieden. Maar precies die garantie willen de zussen niet. Want wat als het waar is?

Zwakke zenuwen zijn te behandelen, een ongeoorloofde zwangerschap niet. Ze zal de familie te schande brengen.

Judith moet uitzoeken wat ervan waar is. Liefdevol strijkt ze de loshangende haren uit Stella's gezicht.

'Beter?' vraagt ze.

Estelle houdt haar guitige ogen op het glas gericht – rode wijn die Judith mee naar boven heeft gesmokkeld.

'Mag Kikkie het geheim weten, Zuskeje?' fleemt Judith. Ze vlijt haar hoofd op Stella's schouder.

Stella knikt heftig, zoals dat bij haar rol van zieke Zuskeje hoort.

'Zuskeje wijntje willen!'

Stella speelt de fee met de korte armpjes en flappert ongeduldig naar het volle wijnglas op het bijzettafeltje naast het bed.

Judith reikt haar de wijn aan.

Stella's handen beven licht wanneer ze het glas als een kelk met beide handen aanneemt en onmiddellijk aan haar lippen zet.

De sierlijke bogen van haar mond lijken de glasrand te kussen terwijl ze met kleine, snelle slokjes gulzig drinkt. Ondertussen loenst ze naar Judith als een ondeugend feeënkind.

'Beter, Zuskeje?'

Stella knort genoeglijk.

Judith plaatst het halflege glas terug en legt haar hoofd weer op Stella's schouder. Ze drukt haar neus in de woelige, geurige haren, zo kan zus haar angst niet zien.

'Een glaasje wijn kan nooit kwaad, zei papa altijd', zegt Judith luchtig. Vraag het haar, denkt ze, vraag het haar. Ze voelt de spanning in haar hoofd weer toenemen.

En ze gaat met een ruk rechtop zitten, op de rand van het bed.

Werktuiglijk streelt ze Stella's wang als om haar alvast te paaien.

'Is Zuskeje nog ziek?'

'Ziek?' vraagt Stella verbaasd.

Judith trekt de deken wat op om zus toe te dekken en haar eigen gêne te verbergen. Het hoge woord krijgt ze maar niet over haar lippen.

Stella kijkt haar bezorgd aan, alsof ze de rollen ten onrechte verwisselt.

'Zwanger zijn is toch geen ziekte, Judith', zegt ze van-zelfsprekend gewoon. Een objectieve mededeling. Méént ze wat ze zegt of daagt ze haar uit?

De zussen kijken elkaar star in de ogen. Klaar voor de strijd.

Wie als eerste knippert, wegkijkt, giechelt, proest, giert of het op andere wijze begeeft, liegt en heeft het spel verloren. Gewoonlijk is Judith de pineut.

De vastberadenheid in Stella's ogen is opmerkelijk groot.

Judith houdt de adem in haar longen gevangen. Ze verzamelt kracht voor de cruciale vraag.

'Serieus, zijt ge écht in verwachting, Estelle?' Eindelijk is het eruit.

Stella perst haar lippen opeen. Haar ogen beginnen te lachen. Ze pompt haar wangen vol lucht om het niet uit te schateren. Haar hoofd zwelt op tot een rode ballon.

Ineens – het is niet duidelijk wie als eerste bezwijkt – beginnen ze samen te proesten en te sputteren. Het plezier borrelt onweerstaanbaar op en barst los. Hun lach klatert bevrijdend.

Judith heeft buikpijn van het lachen gekregen, veegt de tranen uit haar ogen.

'Zotgat, gij', zegt ze. 'Wie heeft er nu eigenlijk gewonnen?'

'Ik,' zegt Estelle, 'want ik ben in verwachting.'

Judiths gezicht verkrampt. Ze slaat haar hand voor haar mond. Ontzet, dit is geen spel meer.

'Zegt dat het niet waar is, Stella...'

'Waarom zou ik liegen?'

'...'

'Het is nu of nooit, Judith. Ik ga niet blijven wachten tot ik zelf een ouwe Trol met verdroogde eierstokken ben', zegt ze nuchter.

'En van wie... wie is de vader?' hoort Judith zichzelf vragen – als een ouwe Trol.

Stella glimlacht fijntjes.

'Dat is nog geheim', zegt ze, gooit de deken van haar borst en knippert verlegen met de oogleden. 'Eerlijk gezegd weet ik het niet, toch nog niet met zekerheid', fluistert ze verontschuldigend.

Judith is weer sprakeloos.

'Ik ben ondertussen 'n maand of drie, eh, vier ver, peins ik.'

Alsof ze de duur van de zwangerschap liefkozend kan opmeten, betast Estelle de omvang van haar buik.

'Ge kunt het al een beetje zien', zegt ze, werpt de deken helemaal van zich af en strijkt die glad ter hoogte van haar knieën – anders ziet zus natuurlijk niets.

'Ziet ge 't?'

Judith zegt niets, kan niets zeggen, niets zien.

'Ik in ieder geval wél', bevestigt Stella dan maar zelf.

Judith is niet meer bij machte iets te denken of te voelen.

Stella telt demonstratief op haar vingers.

'Mijn regels zijn voor de vierde keer op rij weggebleven. Het zal niet lang meer duren of ge kunt er niet meer naast kijken', zegt ze met grote, glinsterende ogen. 'Weet ge, ik heb ook al van die zotte goestingskes naar raar eten...'

Verdriet is het eerste wat Judith gewaarwordt. En dat ze alleen is, of is dat hetzelfde gevoel? Stella heeft haar voorgelogen, dingen verzwegen.

Ze dacht dat ze voor elkaar geen geheimen hadden, dat ze mekaar graag zagen en alles toevertrouwden. Kik en Zuskeje hebben elkaar gezworen één en ondeelbaar te zijn, elkaar altijd en overal te helpen, en zonder dat iemand ergens van af weet heeft Zuskeje, in het geniep de eed van trouw gebroken.

Estelle heeft een egoïstisch, dom, desastreus plan bedacht, zonder rekening te houden met mij, met ons, haar familie of met Viersprong! Een kind! Van wie ze niet eens weet wie de vader is! Wat moeten we daarmee aanvangen?

Verdriet en pijn laaien in Judith op. Zuskeje heeft haar verraden. Het is alsof zijzelf tegelijk met het huis en de wereld eromheen op instorten staat. Straks moet ze nog overgeven.

'Rolmops met aardbeienconfituur, njam, njam', babbelt Estelle. 'Ik ben nog nooit zo gelukkig geweest, Kik, ik kan er niet blijven over zwijgen, niet tegen u, mijn hart stroomt ervan over. Ik verlang naar mijn kindje, het is met geen woorden te beschrijven hoezeer. 'k Hoop alleen dat het goed gezond is, dat er niks aan mankeert. Of het nu een jongetje of een meisje is, en wie er nu feitelijk de vader is, dat is mij als moeder écht allemaal eender. Het doet er niet toe wie de vader is, voor mij niet. Mijn geluk is niet afhankelijk van een vent, maar van een kind. Zolang gij er maar over zwijgt, Judith, en er niets over zegt tegen de Trollen! Als ze erover beginnen te sikkeneuren, zal ik ze wel van antwoord dienen. Van Ons-Lieve-Vrouwke wisten ze het toch ook niet, zal ik zeggen, in die tijd wist niemand wie er eigenlijk feitelijk de vader van Jezus was, de duif of de timmerman.'

Estelle lacht fijntjes.

'Geen gezeur of ik zal ze een koekske van eigen deeg bakken', gaat ze gedreven verder. 'Het zijn hun zaken niet. Daarbij, Jet en Wis geloven nog altijd dat God in eigen persoon de vader van het kind Jezus was. Er zijn toch nog altijd genoeg mensen die daar tot op de dag van vandaag niet zeker van zijn. Is dat dan belangrijk, zal ik vragen? Hewel, voor mij niet en voor mij speelt het ook geen rol wie de vader van de vrucht van mijn lichaam is, punt. Als het maar een normaal, gezond kind is. Het moet geen wonderkind of godswonder zijn dat mirakels verricht, of een genie dat de mensheid en de wereld van de ondergang redt. Allemaal niet vandoen, zolang als ik 's morgens niet misselijk opsta of overdag te veel plat moet gaan liggen – ik ben nog maar één keertje misselijk en draailoos geweest, van te veel te eten. Nee, ik voel me goed, ik zie mijn kindje nu al zo graag, dat ik de hele dag aan niets anders meer kan denken, hopelijk wordt het geen ezelsdracht...'

Judith ziet hoe Stella's ogen stralen, onnatuurlijk fel en hard, terwijl ze onverminderd blijft doordrammen. Dit klopt niet.

Zuskeje ratelt wartaal, of ijlt. Ze beeldt zich in dat ze zwanger is. Het is een waanidee, een dwanggedachte die haar beheerst. Ze neemt haar wensen voor waar, dat hoort bij haar ziekte.

'...of ik zeg dat het een achtergelaten vondelingetje is, of een weesje dat ik, dat wij – gij en ik – adopteren en waarvoor we altijd gaan blijven zorg dragen. Dat kan gerust zonder te trouwen. En ja! Ik wéét het! Ik weet hoe we de Trollen kunnen overtuigen! We laten mijn kindje dopen in de naam van Mariëtte en Louise – daar kunnen de ouwekes niets op tegen hebben. Integendeel, ze gaan dat misschien wel appreciëren, ze zullen het kindje met de tijd alsmaar liever zien. Ik heb het gevoel dat het een meisje is, maar zeker zijt ge nooit tot bij de bevalling.'

Abrupt draait Estelle haar hoofd een kwartslag. Terwijl ze haar ogen razendsnel richting plafond rolt, schuurt haar kin vinnig over haar schouder alsof het daar aan haar linkerschouder ineens jeukt.

Judith ziet haar de bizarre beweging enkele keren herhalen.

'Ik zal u iets laten zien, Kik.' Stella zwaait beide benen energiek uit het bed en loopt heupwiegend naar het ladekastje tegen de muur. Ze blijft er ter plaatse verend staan – het is een kinderlijk koddig op en neer wippen wat ze doet. Judith kan niet anders dan er desondanks om lachen.

Gedraagt Stella zich moedwillig komiek?

'Zweert dat ge mijn geheim nooit verraadt aan Jet, Wis, Jan of alleman!'

Wéér draait Stella's hoofd op die rare manier en dwangmatig rollen de ogen naar de zoldering. Als een bezetene, een zottin, denkt Judith.

'Nee, ja, ik zweer het, Stella', zegt ze en ze bijt in wijs- en middelvinger, die ze als een padvindster opsteekt.

Estelle opent de onderste lade van de commode en neemt er babykleertjes uit: truitjes, jurkjes, broekjes, mutsjes en sokjes, die ze heel even ophoudt en snel weer wegstopt – als speelgoed of kabouterkleren.

Dan pakt ze een streng lichtblauwe wol.

'Gij kunt mij helpen om hier een knot van te winden', zegt ze en ze loopt vrolijk huppend naar haar zus toe.

Het gaat Judith allemaal veel te snel.

'Houdt uw handen op', gebiedt Stella en ze legt de hemelsblauwe gesponnen wol in Judiths handen. 'De duimen gestrekt houden en hoger, die handen, Kik.'

Nerveus zoekt ze het begin van de draad, pulkt plots ongeduldig aan het koordje dat de streng bijeenhoudt.

'Ge kunt peinzen wat een miserie dat is als ik hier op mijn alleen de sajet moet oprollen', zegt ze meer tegen zichzelf dan tegen Judith.

Opnieuw ziet Judith Stella's hoofd op die akelige manier naar rechts zwenken en haar ogen naar boven draaien.

'Blijven zitten, niet bewegen!'

Estelle telt de passen weg van het bed, waarop Judith zit. 'Eén, twee grote stappen en 'n voetje.' Dan reikt ze naar de stoel, sleept die naar zich toe en gaat erop zitten, het gezicht naar Judith gekeerd.

Op de stoel doet ze even alsof ze aan een denkbeeldige woldraad trekt, die ze tot knot rolt.

'Oké, maar wel soepel meewerken straks, anders moet ik de streng toch weer over de stoelleuning hangen en gij moet van het bed', zegt Stella stuurs.

'Wat wilt ge?' Judith begrijpt er niets van.

'Ge moet uw hoofd bij uw werk houden, Kik!'

Estelle rommelt in de commode en vindt een schaar, waarmee ze het touwtje rond de streng in Judiths handen doorknipt.

Judith voelt Stella's adem over haar handen gaan en gluurt naar haar geconcentreerde gezicht.

Zonder op Judith te letten loopt Stella achterwaarts en tellend – 'Eén, twee grote stappen en 'n voetje' – met de losgeknipte draad naar de stoel en gaat zitten.

Vervolgens wikkelt ze de wol tussen duim en wijsvinger in liggende achten, neemt de lussen samen tot een propje, het begin van een nieuwe knot.

Judith houdt de streng tussen haar gespreide handen en Stella windt ijverig de woldraad tot een allengs groeiende bol.

'Zou er al melk in zitten?' vraagt Stella.

Judith schrikt. 'Wat?' Ze heeft moeite Stella's ritme bij te houden, laat de streng rusten.

'Mijn borsten. Ze zijn aan het zwellen, nog méér dan mijn buik. Van de melk, denk ik.'

'Hoe moet ik dat weten!'

'Zoiets leren ze niet op school hé?' Stella glimlacht zelfvoldaan.

Ze legt de pluizige wol in haar schoot – zo heeft ze de handen vrij – en begint haar bloes los te knopen. Zonder enige gêne diept ze met beide handen haar borsten tegelijk uit de cups van haar beha en weegt ze als op een balans op en neer.

Judith wendt de blik af.

'Kijkt hoe dik en vruchtbaar ik ben, Kik!'

Judith weet zich geen houding te geven. Het liefst wil ze weg uit het kamertje.

'Dekt u toe,' smeekt ze met de ogen stijf dicht, 'alstublieft.'

Toch heeft ze in een flits Stella's boezem gezien. Dat die zo zwaar en opgezwollen is, wist ze niet. Ze heeft haar zus sinds ze volwassen zijn nooit bloot gezien. De borsten zijn stuitend dik met een grote, breed uitdijende ring rond de opdringerig donkere tepel – als van een zogende negerin. Haar eigen tepels zijn altijd kleine roze knopjes gebleven.

Als zus nu toch tegelijk zwanger en zot is? Weer voelt ze zich onpasselijk worden.

Tok-tok-tok.

Er wordt bescheiden op de deur geklopt.

'Wat nu weer!' roept Stella verveeld.

Het geduld van Mariëtte en Louise is op. De Trollen komen de toestand ter plekke inschatten.

Judith springt op. 'Minuutje, we zijn niet gereed! Steekt ze weg, Estelle...'

'Wat?'

Judith knikt naar Stella's blote borsten.

Stella knoopt de bloes dicht, neemt de streng uit Judiths handen en stopt de wol in de commode.

'Hallo, mogen we binnenkomen, zoetjes?' vraagt Mariëtte lief.

'Geen belet?' echoot Louises stemmetje erachteraan.

'Wachten, Trolletjes', antwoordt Stella. 'Niks lossen hé, Kikkie', sist ze naar Judith.

Ze hupt naar het bed en pakt zich met lakens en dekens in, als in een cocon.

Bij een ziekenbezoek moet er natuurlijk ook een zieke aanwezig zijn, weet ze.

Ze wisselt nog een sluwe blik met Zuskeje en roept met krakende stem: 'Kom maar binnen, wolfkes!'

Mariëtte komt stilletjes binnen.

'Hoe gaat het met ons Stellaatje?' vraagt ze, alsof de volwassen vrouw die hun zuster is sinds 'de opstoot' in een kleinduimpje is veranderd. Vol medeleven loopt ze naar de ingepakte Estelle toe.

Geluidloos als een schaduw sluipt Louise achter Jet aan. 'Is het al beter met u, zoeteke?' weeklaagt ze.

112

De oudjes spreken haar toe alsof ze een zieke hond is die enkel kan janken en zuchten en kwijlen, maar hen niet kan verstaan.

'Het gaat wel', antwoordt Stella tam.

Snel blikt ze naar Judith, die houterig in de stoel zit en haar niet eens durft aan te kijken. Veel samenwerking hoeft ze van die kant niet te verwachten. Ze zal alles alleen moeten doen. Helemaal alleen, ook zonder dokter, weet ze.

Haar hoofd zwenkt bruusk naar rechts – alsof het een autonoom wezen is – waarbij haar kin herhaaldelijk over haar schouder scheert en haar ogen vervaarlijk in hun kassen rollen. Het gebeurt twee, drie keer achtereen.

Mariëtte en Louise hebben zoiets nooit eerder gezien.

'Zijt ge zeker dat het gaat, Estelleken?' vraagt Louise. Haar gezicht trekt wit weg.

Mariëtte komt meelevend op de bedrand zitten en ze kijkt Stella indringend aan.

'Is er iets met uw hoofd, Estelle, doet het zeer?'

'Wat zou er mis zijn met mijn hoofd?' zegt Stella uitdagend.

Judith verstopt zich achter haar hand.

'Waarom draait ge op zo'n rare manier met uw hoofd?' vraagt Mariëtte. 'Weet ge dat? Ge draait uw hoofd en ge rolt griezelig met uw ogen.'

'Wie?'

Even is het alsof Estelle weer de controle over haar hoofd gaat verliezen. Maar ze weet zich te beheersen en schudt ontkennend.

'Waarom denkt gij altijd alles beter te weten!' zegt ze scherp.

'Het is 'n tic nerveux, mijn gedacht, Jet', fluistert Louise, die geen onenigheid, geen ruzie wil.

'Of het is dwangmatig, neurastheniek', sist Jet, de wenkbrauwen hoog geheven.

'Ik voel me juist heel goed, prima zelfs.' Stella articuleert nadrukkelijk. 'En daar heb ik ook alle reden toe, waar of niet, Judith?'

Judith valt haar niet bij. Ze blijft haar hand maar voor haar gezicht houden alsof ze dringend ergens heel diep moet over nadenken.

'Zijt ge u daarvan niet bewust, Estelle, zijt ge u misschien niet meer bewust van wat ge doet?' zeurt Mariëtte terwijl ze fronsend over haar zieke zus heen buigt.

'Blijft van mijn lijf, gij!' schreeuwt Stella nog voor ze wordt aangeraakt.

Mariëtte springt op van het bed en zet een pas achteruit, waarbij ze op Louises tenen trapt.

Judith komt van de stoel af en loopt naar het bed toe. 'Kalm, Kikkie, rustig...'

Stella schudt en wroet de dekens van zich af.

'Ik weet maar al te goed waar gij op uit zijt, jaloerse teef!' Ze wijst haar oudste zus aan, haar arm en hand trillen furieus. 'Maar het zal u deze keer niet lukken! Alles is compleet in orde met mij, met mijn kop, mijn zenuwen en met heel mijn leven. Ge kunt mij niet wegdoen, niet wéér in 't zothuis laten wegsteken. Ik ben gezond van lijf en leden, ik ben nog nooit zo gezond geweest!'

Opeens begint Stella's hoofd weer te zwenken en te zwaaien, onbehouwen wild en vervaarlijk dit keer, alsof ze haar eigen hoofd van haar hals wil gooien. Haar ogen rollen akelig rond in hun kassen.

Ze moet wat tot rust komen na de kracht waarmee ze heeft gesproken. Langzaam ademt ze uit en ze gaat merkwaardig kalm verder.

'Ons Judith kan het getuigen. Ik draag het bewijs onder mijn hart, het levend bewijs, dat is mijn kind. Ik ga moeder worden en gij niet, gij nooit meer omdat ge oud en uitgedroogd zijt. Zeg het ze maar, Judith, gij weet ervan. Gij hebt recht van spreken. Spreekt.'

'Ge moet u niet zo kwaad maken, Stella', probeert Judith bij het voeteneind van het bed. Maar Stella is kalm, ijzig kalm.

'We willen u alleen maar helpen', zegt Mariëtte alsof Estelle weer een kleinduimpje is geworden. 'Wij zijn bezorgd om u, Zuske, da's toch heel normaal.'

'Ja, Estelleke', zucht Louise met haar rug tegen de deur gedrukt. Ze slaat een kruisteken, vouwt haar handen en begint te bidden.

'Ik heb geen hulp nodig', zegt Stella sterk, vastberaden. 'Dat ik geen hulp nodig heb, ik ben een volwassen vrouw, moeder van een kind. Ik begin eindelijk mijn eigen leven met hem of met haar. En als gij het daarmee niet eens zijt, als ge problemen met mijn moederschap hebt, dan kunt ge gaan. Of ik zal wel opstappen. Een kind heeft tenslotte geen tantes nodig, maar een moeder. En een moeder kan wel haar zusters missen, maar haar kind niet.'

Terwijl Stella spreekt, vrijelijk zegt wat ze denkt, wordt ze meer en meer zeker van zichzelf. Het dwangmatige draaien van haar hoofd blijft achterwege.

'Vergeet niet dat alles hier aanwezig, het huis, de inboedel en aanhorigheden, de hele erfenis van papa, nog altijd voor een vierde mijn eigendom is. Ik kan mij laten uitkopen om met mijn deel een nieuw leven te beginnen samen met mijn kind. Als we daarover niet eensgezind geraken, kan ik zelfs eisen dat Viersprong verkocht wordt, om mijn wettelijk erfdeel te krijgen. En waar staat ge dan? Op straat, zonder middelen van bestaan. Het is in uw voordeel dat ge mij niet zo ver drijft, dat ge mij niet tegenwerkt of op stang jaagt, dan moet het misschien allemaal niet zo ver komen.'

Judith en Mariëtte staan met de mond vol tanden. Hiervan hebben ze niet terug. Louise heeft tussen de weesgegroetjes door de desastreuze kern van de boodschap opgevangen. Door haar wimpers ziet ze stomverbaasd welk een gedaanteverwisseling zich bij haar zieke zus voordoet. Geen van hen durft op Estelle in te praten.

'Goed? Dan zou ik nu willen dat ge mij alleen laat', besluit Stella, meester van de situatie.

Als om dat te bekrachtigen draait ze beheerst haar hoofd zijwaarts, waarbij haar kin waardig over haar schouder schuurt en haar ogen langzaam en statig in de richting van de zoldering rollen.

'We gaan, Estelle.' Mariëtte klinkt schor.

Ze keert zich af, loopt naar de deur en wenkt Louise, die mee naar buiten glipt.

Judith is bij het voeteneind van het bed blijven staan.

'Gij ook, verraadster', zegt Stella.

'Dat meent ge niet, Kik...'

'Ik had het tegen alle gezusters zonder uitzondering, Mariëtte, Louise en ook, en zelfs vooral tegen u. Zuskeje is dood. Ga, Judith De Wolf, want het meest van al hebt gij mij ontgoocheld', declameert Stella vol vuur.

'Maar...'

'Ik wil u hier niet meer zien, nooit meer, gij witgekalkt stinkend graf.'

*

Diezelfde avond zitten de drie zussen in de keuken verzameld rond de zware eikenhouten werktafel. Er moet iets gebeuren.

'Ze heeft me haar commode propvol babykleertjes getoond en ze deed me een nieuwe streng breiwol ophouden om er nog meer te breien', zegt Judith in mineur. Stella heeft haar nu toch tot verraadster bestempeld, ze kan beter alles eerlijk vertellen.

Zolang ze met Stella alleen was geweest, had die zich opgewekt getoond, uitgelaten en vrolijk, ze had zelfs gestraald van geluk, terwijl ze bij haar vorige ziekte urenlang zonder aanwijsbare reden had zitten treuren.

'Pas toen gij en Louise binnenkwamen is ze kwaad geworden', zegt ze in een poging zichzelf te rechtvaardigen.

'Verleden keer had ze een zenuwinzinking en ze was neerslachtig, dat heeft de specialist gezegd. Nu is het iets heel anders, ze is overspannen en geagiteerd en...' Hier begint Mariëtte langzaam en zacht te spreken, onbestemd bang dat iemand, een buitenstaander – of misschien Stella zelf! – het gesprek aan de keukentafel kan afluisteren. 'Mijn gedacht is ze met die waanideeën en dat idee-fixe over die zwangerschap niet meer helemaal goed bij haar zinnen...'

Jets gefluister is nauwelijks hoorbaar.

Ze kijkt schichtig van Judith tegenover zich aan de tafel naar Louise naast haar en weer terug. Haar vingertoppen knijpen diep en hard in het zachte vlees van haar gekruiste bovenarmen.

Ze zucht. 'Ons Estelle lijdt aan een manie, vrees ik, ze kan er zelf niet aan doen als ze ineens zo agressief doet.' Er klinkt onzekerheid in haar stem, Jet moet zich vermannen om niet te wenen. 'Weet ge dat manie wijst op krankzinnigheid.'

Ze vraagt het niet eens, ze stelt het, merkt Judith. Wat weet gij daarvan, betweter, wil ze opwerpen, maar ze zwijgt. Ze ziet in gedachten Stella's blote, zware borsten weer voor zich en de schittering in haar ogen, en ze schaamt zich opnieuw, zonder te weten waarom.

'God weet hoe lang dat al in stilte bezig is, verleden keer hebben we het zien aankomen, maar deze keer...' Mariëtte slaat haar hand voor haar mond. 'Zenuwziek is iets anders dan geestesziek', klinkt het onduidelijk. 'Waanideeën en angsten, stemmen horen die er niet zijn, een gespleten persoonlijkheid...' Ze spreekt zo zacht dat ze nog amper te horen is. 'Ik ben bang dat ons Estelle bezig is met krankzinnig te worden.'

'Jezus, Maria, Jozef, laat ons bidden van niet!' Louise slaat een kruis.

Alleen het enerverende tiktak van de koekoeksklok boven het kookfornuis is te horen.

'Volgens mij fantaseert ze alles', zegt Judith.

Ze schrikt van de stelligheid, ze is helemaal niet zeker of zus liegt, fantaseert, provoceert, zenuwziek of zot is. Ze heeft Stella niet verraden, het is andersom, als zus in verwachting is heeft zij het voor haar verzwegen, ze zouden toch nooit geheimen hebben voor elkaar?

'Straks slaat ze misschien de hand aan zichzelf of... of... of ze doet een van ons of een van ons gasten iets aan?' hakkelt Mariëtte.

'Jezus, Maria, Jozef, dat moogt ge niet denken', antwoordt Louise. Haar tengere oudevrouwtjeshanden maken een afkeurend gebaar, ze vergeet het kruisteken af te maken.

'We kunnen het niet langer op zijn beloop laten, denk ik', zegt Jet.

'Tss... tss... 't Is toch niet onmogelijk dat een mens tegelijk zwanger én zenuwziek is.' Louise spreekt uiterst bedachtzaam.

'Voor een vróúwmens is dat goed mogelijk en voor een vruchtbaar vrouwmens alleszins!' antwoordt Judith ongepast uitdagend. Ze heeft er op een vreemde manier plezier in.

'Wat er ook van aan is, wij zijn geen psychiaters of gynaecologen en kunnen daar niet over oordelen, maar het is onverantwoord als we niet ingrijpen', besluit Mariette, en ze staat op.

Zij zal er persoonlijk voor zorgen dat hun zus zo snel mogelijk in het Sint-Vincentiusinstituut wordt opgenomen. Liefst morgen al op een moment dat de zieke niets vermoedt.

Jet gebruikt de telefoon in de hal niet, want ze wil niemand in huis voortijdig alarmeren. Ze zal een paar straten omlopen naar de woning van dokter Geernaerts, nu meteen.

'Ocharme ons Estelleken! En moet dat schaapke nu niets meer eten?' vraagt Louise.

'Draagt een boterham en wat pudding naar boven, Louise', beveelt Mariëtte, 'en stopt met jeremiëren. Als ze u niet wil binnenlaten, zet ge de plateau voor haar kamerdeur neer.'

Ze heeft haar mantel over haar arm geslagen en loopt, met haar tas in de hand, de keuken uit. Behoedzaam, zonder haar hakken op de tegels te laten neerkomen, lijkt het alsof ze geluidloos over de vloer zweeft.

'Tot subiet.'

In het halfduister van de gang, waar alleen de nachtlamp 'exit' boven de onderdoorgang naar de tuin brandt, trekt ze vlug haar mantel aan, controleert of de huissleutels in haar handtas zitten en trekt de zware voordeur met een zachte klik achter zich in het slot.

Ze zal dokter Geernaerts meedelen dat Estelle hervallen is, en niet verder uitweiden over de vreemde symptomen. Dat zullen ze in de psychiatrie onderzoeken en hopelijk ook snel genezen.

*

Mevrouw De Roeck is de enige kostganger die ervan af weet.

Ze wordt rond drie uur bruusk uit haar middagdutje gewekt door kabaal, gestommel en gekrijs in Estelles kamer.

Postvattend in het deurgat kijkt ze toe hoe drie in het wit geklede mannen de bewusteloze juffrouw, vastgesnoerd op een brancard, moeiteloos de trap af dragen.

Mevrouw De Roeck is er zo door aangeslagen dat ze niet opnieuw kan inslapen. Ze gaat dan maar een wandelingetje maken door de tuin. Maurice, de werkman, is er bezig in het werkhok.

Mevrouw De Roeck heeft juffrouw Mariëtte moeten beloven de afwezige gasten niets te vertellen, maar Maurice moet de ziekenwagen bij het hek hebben opgemerkt en het heen-en-weergeloop kan hem evenmin ontgaan zijn – bovendien wordt hij niet tot de gasten gerekend. Hém kan ze aanspreken.

De deur van het hok staat open voor de frisse lucht. De weduwe gaat in het deurgat staan.

De oude klusjesman verzaagt dikke planken tot steunpaaltjes – met de hand, alsof de elektriciteit nog moet worden uitgevonden, denkt Agatha.

'Amai, dat is hier nogal iets hé, meneer Maurice!' Ze spreekt tegen zijn rug. En omdat hij niet direct reageert, voegt ze eraan toe: 'Quelle misère!'

'Ach, als ge dat maar weet, madame', zegt hij onverstoorbaar verder zagend.

'Dat ze hun medemens zoiets kunnen aandoen, ochot-ochot!' Gretig gooit zij nog wat olie op het vuur. 'En ge moogt daar allemaal nog niets over zeggen ook.'

'Zwijgt stil madame', antwoordt hij nors. Het afgezaagde restje hout valt met een plofje boven op de krullen en het zand onder de werkbank. 'Het is niet te geloven, maar ge ziet nu zelf met eigen ogen hoe ze 'n mens hier den duvel aandoen. En d'r ligt hier een elektrieken zaag, prima gerief, het duurt nog geen minuut om er een drieduims balk mee door te zagen, maar ik mag ze niet gebruiken! Omdat die zaag dan te veel verslijt en te veel lawaai maakt en Hare Pretentie mejuffrouw Mariëtte Migraine kan daar niet tegen! En ik moet heel die verdomde schutting naast mijn huis repareren, alle ouwe planken zijn rot – ge stampt er met het grootste gemak zooooo'n gat in en iedereen kan daardoor binnenkruipen en op mijn erf komen. En pas op! Dan moet ik nog schoon "dank u wel" zeggen ook hé, omdat ik hier mag werken, op haar eigendom, godverdomme!'

'Ik weet het, meneer Maurice, ge moogt hier nooit over niets iets zeggen! Gelijk nu met Estelle, wreed hé?' fluistert Agatha dramatisch.

'Estelle?'

'Ze hebben ze weer weggedaan, juffrouw Estelle. Precies een lijk dat ze naar beneden droegen. De ambulance in en recht naar het zothuis! Hebt ge niks gezien?'

'Ik ben bezig, ik heb geen ambulance gehoord.'

'Zonder sirene, ze willen het stil houden – alleen 'n zwaailichtje – en weet ge waarom?'

'Waarom wat?'

'Hebt ge het niet gehoord, waarom ze haar hebben binnengestoken?'

Alsof het hem niet interesseert keert hij zich weer van haar af en hij draait de bewerkte paal uit de klem los.

'Ze zal hervallen zijn, zeker', zegt hij stug en hij zet het hout bij de andere steunen schuin tegen de wand van het hok.

'Omdat ze in verwachting is. Juffrouw Estelle is in verwachting! Ik heb het haar zelf horen zeggen aan tafel, iederéén heeft het gehoord.' Mevrouw De Roeck smult ervan.

Maurice kijkt haar aan over zijn schouder – recht in de ogen, even maar – en wendt zich weer af.

Zij ziet de ontzetting in zijn waterige blik. Het is verdorie alsof Maurice mij voor de eerste keer écht aankijkt, denkt ze.

'Dat is nogal iets hé! En het schoonste van al moet ge nog horen. Ze zei dat het van die Hollander was, de logé van de Pictahol-weefgetouwen. "Polderdam is de vader van de vrucht van mijn lichaam", zei ze, aan tafel, waar alleman bij was. Zij bedankte hem er nog voor ook, alles en plein public, en de Hollander zijn gezicht gleed uit, ge hadt het moeten zien, méér dan 'n klein beetje...'

'Heeft hij dat gezegd?'

'Nee, zij, juffrouw Estelle heeft dat gezegd, bij 't eten, iedereen kan dat getuigen...'

'De Hollander, wat heeft hij gezegd?'

'Niets, nee, ja, hij heeft het ontkend vaneigen, wat kon hij zeggen? En ge kent Mariëtte, alles moet in de doofpot...'

'Maar madame, iemand die zot is zegt zoveel', besluit Maurice bruusk. 'Pardon, mag ik passeren?'

Ze moet plaats voor hem maken terwijl hij het verzaagde hout naar buiten draagt.

Agatha kijkt toe hoe hij nors de balken op de kruiwagen stapelt en vastbindt.

Hij heeft er zélf zo eentje lopen, denkt ze, zijn debiele dochter is ook goed zot, maar zij zegt niet veel, eigenlijk niks. Mevrouw De Roeck heeft Odette nooit iets horen zeggen.

Ze hervat haar aanklacht. 'De Hollander is een correcte, beleefde heer. Hém zie ik zo'n misstap niet rap begaan, maar van juffrouw Estelle verschiet ik eerlijk gezegd niet. Van losse zeden moeten vroeg of laat vodden komen. Volgens mij weet dat Italiaans werkvolk daar meer van af, die mannen kunnen hun ogen niet van het vrouwvolk afhouden, waarom hun handen dan wel?'

De nukkigaard geeft haar geen aanspraak meer, hij blijft in de weer met het verstrengelde touw.

''t Is dat het hier schappelijke prijzen zijn en dat mijn pensioen geen fortuin is, maar onder ons gezegd en gezwegen, een deftig etablissement kunt ge Viersprong toch niet meer noemen. Waar ze gastarbeiders aanvaarden... dat is toch om ontucht vragen!'

Maurice antwoordt niet.

'Wat peinst ge daarvan, Maurice, gij als hardwerkende mens?'

'Ik mag niet verletten, madame, ik heb geen tijd te verdoen, kan het kind niet alleen laten, zeker nu niet met de kapotte afsluiting.'

Hij rept zich met de volgeladen kruiwagen zwalpend naar het hek.

Lucky slaat met gespitste oren voor zijn hok iedere beweging in de tuin gade.

In papa's oude laboratorium probeert Judith zich vruchteloos te concentreren op de melodie van een nieuw nummer voor The Telstars.

In de keuken is Louise veel te vroeg met de voorbereidingen voor het avondmaal in de weer.

Boven, in Stella's kamertje, stopt Mariëtte de babykleertjes in een grote zak. Die zal ze verbranden. Nog enkele weken, hooguit een paar maanden, en alles komt goed.

De hond jammert en treurt om zijn baasje.

10

Zoals wel vaker op zondag gaan de Italiaanse neven na het avondeten op café een biertje drinken voor hun nacht-shift begint.

Waarom zouden ze niet eens café Zottegem op de Grote Markt aandoen? De jongste pensionhoudster treedt er in het achterliggend zaaltje op met haar band.

Judith heeft iedereen uitgenodigd, maar alleen Nicola en Lamberto gaan erheen. Ze vertrekken met de knette-rende brommer. Meneer Sorgeloos, de gezellige dikkerd, komt hun misschien achterna.

De jongens mogen het niet laat maken, want om tien uur vanavond begint hun nieuwe werkweek en tegen die tijd moeten ze – de elegante pakken ingeruild voor ge-lapte overalls – de NSU aan de hand door het pensionhek leiden om buiten gehoorsafstand de rammelende motor te starten (lawaai op het terrein is na negen uur 's avonds streng verboden!) en naar de hoogovens rijden.

Lamberto zit aan het stuur, Nicola achterop.

Trotse, zelfbewuste mannen die hier als vrije lieden verblijven.

Samen hebben ze voor het Belgische staal gekozen. Zwaar werk, maar dat is het in de kolenmijn ook, en de gieterij betaalt nog beter dan de mijn. Mede daardoor genieten ze meer aanzien dan simpele mijnwerkers.

Nicola en Lamberto zijn vakmannen, ambachtslui. Ze willen niet als de overgrote meerderheid van hun landgenoten onder de grond kruipen of zich als een kudde schapen massaal bij elkaar laten drijven in krakkemikkige bedrijfsbarakken.

Zij logeren in een proper, huiselijk pension. De textielreus Pictahol heeft hen tewerkgesteld in zijn staalfabriek, waar momenteel het snelste weefgetouw ter wereld wordt gefabriceerd: 'the automatic flying shuttle machine'. Daar gieten zij er bij manier van spreken tienduizend per jaar van!

Nicola en Lamberto zijn mooie mannen met lenige, atletische lichamen die in hun nieuwmodische pakken – brede schouders, smalle broekspijpen – helemaal tot hun recht komen.

Toch lijken ze niet op elkaar. Nicola, de jongste, heeft lichtbruine haren en zachte, bijna vrouwelijke gelaatstrekken. Lamberto is donkerder, gespierder en stoerder. Thuis heeft hij een zoontje van twee en een vrouw die wacht op de cheque die hij iedere maand met de post opstuurt – bij Nicola wachten thuis alleen de ouders.

Twee charmante verschijningen voor wie de Belgische meisjes makkelijk vallen.

Daarom hebben ze het thuisfront plechtig moeten beloven elkaar altijd en overal in het oog te houden en zich onverminderd beiden als huisvaders voor te doen. Het staat immers niet op iemands gezicht te lezen of hij getrouwd is of niet. Behalve tijdens de korte jaarlijkse vakantie kan het thuisfront de mannen niet op de rooster leggen.

Maar Nicola en Lamberto doen noodgedwongen werkelijk alles samen, of zo goed als alles. Het blijft natuurlijk allemaal een kwestie van vertrouwen.

*

Samen arriveren ze op het marktplein. Tegenover het oude stadhuis, midden in de statige gevelrij die wordt gevormd door aan elkaar verbonden drankgelegenheden, snackbars, een tearoom en frituur Helga – de concurrent van het bescheiden houten frietkot op het parkeerterrein van de marktplaats zelf – ligt het befaamde jazzcafé. De Zottegem is een laag, smal, afgebladderd gebouwtje geprangd tussen burgerwoningen, een trefpunt voor de hedendaagse jeugd. Hier zijn de Italianen nooit eerder geweest.

Lamberto remt langzaam.

'Ge loopt naar binnen, de taptoog voorbij, en ge komt vanzelf in de zaal waar we spelen', heeft juffrouw Judith uitgelegd.

Kijk! Ze staat voor de deur op de uitkijk. Het terras is leeg, de avonden zijn nog te fris.

Judith wuift naar hen en Nicola zwaait terug. Hij wacht niet tot zijn neef de NSU stopt, springt van de nog rijdende brommer en loopt met verende tred naar haar toe.

'Wie komt er nog? Ze moeten zich haasten! We gaan direct beginnen!' Juffrouw Judith staat zenuwachtig te trappelen.

'Wij komen! Wij komen!' Nicola lacht en reikt haar joviaal de hand.

'Alleen jullie?'

'Meneer Zorg en Loos komt nog.'

De juffrouw is teleurgesteld – maar daar kunnen zij niets aan doen.

'Hé Lamberto... die Zorg en Loos komt nog?' roept hij naar zijn neef, die op het plein de brommer met het kettingslot vastlegt.

'Loop gewoon door langs de toog naar de zaal, de inkom is gratis.' Judith werpt nog een snelle blik over het plein. 'Ik moet me gaan concentreren, ik speel vanavond ter ere van mijn zusje, speciaal voor haar, we gaan direct beginnen!' En weg is ze.

'Good luck, signorina!' roept Lamberto haar na.

De neven blijven aarzelend in de deuropening van café De Zottegem staan.

Binnen is het een levendig gewemel van het jonge volk, de sigarettenrook zweeft er als mistslierten rond. Ze horen luid lachen en praten, er zijn veel mooie meisjes bij, een sfeer alsof het kermis is. Ha, zo ziet een jazzcafé er dus uit! Helemaal anders dan de gelegenheden die ze kennen, waar oude mannetjes kaarten of biljarten of zwijgend samen met hun bier zitten te verschalen, wachtend op God weet wat of wie. Dit café is al helemaal niet te vergelijken met de louche kabberdoezen rond het station, waar ze enkel komen als de lichamelijke nood hoog is, Lamberto's nood dan.

'Zorg en Loos' komt maar niet opdagen en het orkest gaat zo beginnen. De jongens lopen naar binnen, door de dubbele deur onmiddellijk naar het achterafzaaltje als échte habitués.

Er staan niet meer dan vijf ronde tafeltjes met klapstoelen in de ruimte voor een getimmerd podiumpje met geïmproviseerde coulissen. Over de hele diepte van de zaal is rechts een lange smalle bar, waar de cafébaas achter staat en waar Nicola en Lamberto postvatten.

'Twee pintjes alstublieft, meneer', articuleert Nicola in zijn beste Nederlands.

Net op tijd. De aanwezigen klappen, het orkest komt achter het gordijn vandaan: twee oudere mannen, van wie de laatste het doek openhoudt voor de jongedame met trekzak, Judith De Wolf.

De juffrouw lacht verlegen.

'Bravo! Bravo, mademoiselle Judith!' roepen de neven enthousiast uit, ze klappen als gekken.

'Goedenavond dames en heren, we are The Telstars!' kondigt de drummer aan. Hij slaat de sticks drie keer tegen elkaar, waarop percussie met gitaar en trekzak het concert inzetten met 'Buona sera signorina, buona sera'.

'Brengt de signorina dit openingsnummer speciaal voor ons?' Lamberto grijnst.

'Nee, voor haar zuster, haar zieke zuster Estelle', zegt Nicola.

Stel dat het nu tegen al zijn verwachtingen in toch weer op niets uitdraait met zijn nieuwe vriendin, dan kan hij in dit jazzcafé altijd terecht. Zoveel is zeker, denkt Nicola. Hier komen veel vlotte, vrolijke, mooie meisjes – veelal studentes waarschijnlijk. Die kijken verder dan hun neus lang is en weten een geboren winnaar, een ondernemend werker die geen schrik heeft om zijn handen vuil te maken, zoals hij, van een armoedzaaier te onderscheiden.

Al hoopt hij er in de eerste plaats op dat het hem dit keer met zijn Gratiënne zal lukken. Want hij houdt van haar, Gratiënne Van Der Meersch, en zij houdt van hem.

Daaraan zal het niet liggen. Het zijn gewoonlijk de ouders die dwarsliggen.

Vanmiddag heeft hij het gepresteerd papa en mama Van Der Meersch bij een eerste bezoek voor hem te winnen! Zo hoopt hij, tenminste.

'Ik ben een eerlijk ambachtsman, meneer en mevrouw, een terrazzomaker. Wij Galli's hebben van oudsher hun eigen bedrijf opgebouwd, mijn vader en mijn vaders vader waren terrazzobouwers. Wij gieten vloeren, trappen, hallen, patio's, aanrechten en ga zo maar door, tot zelfs meubilair. Je vindt in Italië Galli's terrazzo in woningen, wacht- en danszalen, stations en theaters in alle mogelijke kleuren en decoratieve patronen, overal tot in de paleizen toe! Vakkundig geplaatst terrazzo is heel mooi en zo goed als onverslijtbaar, en precies die duurzaamheid heeft ons de das omgedaan. Ze heeft ervoor gezorgd dat er ondertussen geen werk meer is in de branche, op wat kleine herstellingen na is er tegenwoordig geen vraag meer naar nieuw terrazzo. Daardoor, meneer en mevrouw, ben ik als hooggekwalificeerd vakman werkloos gevallen en naar België uitgeweken om in de industrie te werken. Tijdelijk, niet omdat ik terug wil naar mijn geboortegrond, maar omdat ik mij hier binnen een paar jaren definitief wil vestigen als zelfstandig terrazzolegger! Ondertussen verdien ik als meestergast bij de Pictahol ook al een schone boterham; toch blijft het mijn streven een eigen zaak op te bouwen!'

Probeer je toekomstige schoonouders dat allemaal maar eens uit te leggen, in een taal die de jouwe niet is, hakkelend en met handen en voeten stuntelig gebarend!

Nicola heeft het vanmiddag gepresteerd. Zijn Gratienne zat er maar kleintjes bij, met bleke lippen vertaalde en verduidelijkte ze voor haar ouders een en ander zo goed ze kon.

Niet eenvoudig, want ze weten hier niet eens wat terrazzocement is, terwijl ze dikwijls zelf een gootsteen of een keukenvloer in granito hebben. 'Granito' is gewoon een andere naam voor 'terrazzo', maar ook dat weten ze niet. Hij heeft het haar ouders gezegd en nog begrepen ze het niet.

Moeder Van Der Meersch dacht dat het ijskreem was, granito. De enige Italiaan die ze bij naam kent baat een ijssalon uit. 'Crème à la glace?' vroeg ze en ze likte aan een denkbeeldig druipend ijsje.

Cucina, cuisine, keuken... goed dat hij op het idee kwam de gootsteen in de achterkeuken te inspecteren! Hij zag er precies wat hij verwachtte: een afgesleten gespikkelde terrazzobak van gebroken en gemalen vooral grijze en beige gesteenten.

Hij heeft zijn toekomstige schoonmama en schoonpapa voorgesteld het keukenmeubel van een nieuwe, gladgepolijste bovenlaag te voorzien, komende week al. Zo zal hij hen van zijn artisanaal meesterschap kunnen overtuigen.

Een hele klus, beseft hij maar al te goed. Hoe komt hij zo snel aan het nodige materiaal voor de reparatie, bijvoorbeeld?

Nicola's gedachten blijven maar afdwalen naar het bezoek aan zijn toekomstige schoonouders. Hij slaagt er niet in zijn aandacht bij het optreden te houden en ervan te genieten. Daarom applaudisseert hij luider nog dan de andere toehoorders.

Lamberto kijkt op zijn polshorloge en vraagt nog twee pilsjes. Hij verveelt zich een beetje. Het ziet er niet naar uit dat de dikke verkoper 'Zorg en Loos' nog komt opdagen. En neef Nic is sinds vanmiddag al een gesloten boek. Ze zullen hem daar, ten huize Van Der Meersch, wel afgescheept hebben. Al beweert hij dat het een uitmuntende start was en dat hij volgende week al terug naar haar huis mag. Eerst zien en dan geloven. Lamberto denkt er het zijne van.

'*Si si*, echt waar, ik heb er een voet tussen de deur, Lamberto.' Meer komt er niet uit, hoe hard hij ook zijn best heeft gedaan zijn neef aan de praat te krijgen, details te horen. Omdat het niet waar is, Nic liegt, de ouders hebben hem wellicht de deur uitgezet, als hij er sowieso al met een of andere smoes naar binnen is geraakt. Het kan niet dat de Van Der Meerschen macaroni's en mooipraters vertrouwen. Waarom zouden ze Nicola dan met hun dochter laten aanpappen?

Op het kleine podium steelt de drummer ondertussen de show. Kaal en vitaal laat hij zijn spectaculair weidse bewegingen en gebaren contrasteren met een strak getimed ritme.

Juffrouw Judith zit vooraan op het verhoog vol concentratie over haar instrument gebogen, een beetje alsof ze een kind op schoot heeft dat ze nauwlettend gadeslaat. Af en toe gunt ze de toehoorders een snelle verlegen blik terwijl de trekzak in haar armen onwennig huppelt en danst.

Achter haar zit de gitarist op een hoge barkruk, een bezadigde oudere man met baard in een piekfijn gestreken en gesteven jeansbroek.

De stemming in het zaaltje is prettig swingend, dan weer rustig, indringend, bijna intiem.

Ook al praten sommige mensen af en toe zachtjes door tijdens het spelen, het publiek blijft aandachtig.

Lamberto slaat onhandig zijn arm rond Nicola's schouder, schurkt en knuffelt hem tegen zich aan.

'Juffrouw Estelle is niet geestelijk ziek, maar lichamelijk, in werkelijkheid seksueel', fluistert hij met hete adem in Nicola's oor.

'Hou je bek dicht.'

Nicola blijft stram staan kijken naar het trio op het podium.

'Zij komt niet aan haar trekken, doodzonde toch, zo'n prachtige vrouw? Als het aan mij lag...'

'Zwijg!' Nicola weert zijn neef af, doet alsof hij alleen oren heeft naar de muziek.

'Voor jou is het gemakkelijk, Nic, met je Gratiënne mag je alles doen, coïtus e tutti quanti!'

Wanneer houdt Lamberto er eindelijk eens over op? Hij is een mislukkeling en er is geen vergelijk tussen hem en mij, denkt Nicola. Hij hoeft niet naar de hoeren en hij zal niet meer aan de bar op Lamberto wachten, nooit meer. Hij heeft een Vlaamse verloofde, een toekomstige echtgenote uit een welstellende, katholieke familie. Ze was nog maagd en dat ze dat ondertussen niet meer is, blijft uitsluitend zijn eigen verdienste. Hij heeft hier een toekomst, een nieuw thuis gevonden.

'Stop ermee ons te vergelijken, we zijn niet eens broers.'

'Och, op je teentjes getrapt, Nicootje?'

'We zijn compleet verschillende mannen', probeert Nicola zijn opdringerige neef duidelijk te maken.

Lamberto lacht Nicola's woorden weg en lost zijn liefdevolle greep niet.

'De liefde kan een man dwaze bokkensprongen doen maken', fluistert hij spottend.

Nicola schudt zich los, probeert kalm te blijven.

'Ik ben geen dwaze bok! De dwaze bok is hij die zijn kans op geluk heeft verspeeld, basta!'

Meneer Sorgeloos komt opeens de zaal binnengewandeld. Een sigaar in zijn mond, de handen in de zij geplant, monstert hij muzikanten en publiek – het optreden loopt al naar zijn einde toe – als een herder die goedmoedig zijn kudde keurt en stapt dan op de jongens af, die hij bij de bar herkent.

'Da's nogal een rasartieste hé, ons Judith', zegt Sorgeloos alsof hij de hele show heeft meegemaakt.

'Doe mij maar 'n trappist en geef deze jongens ook nog iets', geeft hij de barman ter order.

Een watertje kan nog net voor de Italianen, ze moeten er straks vandoor, aan het werk.

'De Hollander, meneer Koos is juistekes vertrokken – hij zou normaliter morgen de trein pakken, maar hij kon vanavond op de valreep meerijden met de auto van een collega, vandaar dat ik zo laat ben, we hebben afscheid genomen. Ge hebt de groeten van Polderdam, jongens.'

'Meneer Polderdam is *parti*?' vraagt Lamberto, blij met wat loze aanspraak.

'Oui, il est parti, ribbedebie.'

Die kon precies niet rap genoeg weg zijn sinds de crisis bij juffrouw Estelle is losgebarsten. God weet wat er tussen die twee is gebeurd. Gaston Sorgeloos wil daar liever niet dieper op ingaan, maar niemand moet hem blaasjes wijsmaken, als voyageur heeft hij levenservaring zat. Misschien maar beter zo. Polderdams termijn zat erop en iedereen was aldus aan een gênante toestand en een obligaat afscheid kunnen ontkomen.

'En hoe is 't hier gesteld, dat swingt hier nogal, me dunkt?'

'Goed goed.' Lamberto port Nicola plagerig in de rug. 'Nicola is verliefd.'

Nicola morst water op de revers van zijn jas.

'Amoroso', fluistert Lamberto de altijd vrolijke handelsreiziger toe.

'Ha zo, en op wie?'

'Stupido!' bijt Nicola Lamberto toe terwijl hij zijn ogen onbewogen op het podium gericht houdt.

'Toch niet op ons Judithje zeker, hahaha', glundert Sorgeloos. 'Uw haring zal in dat panneke niet braden, ze is voor de vrouwen, mijn gedacht.'

Nicola haalt vinnig uit met een zijwaartse trap van zijn hak naar Lamberto's scheenbeen. Het komt pijnlijk aan.

'Hé, waarvoor is dat nodig, stommerik!'

'Jij moet je bek dichthouden,' sist Nicola hem toe in hun Italiaanse patois, 'dat doe ik ook! Of denk je dat ik niet weet wat jij doet, waar je heen gaat wanneer ik 's nachts alleen in bed lig en doe alsof ik slaap? Denk je dat ik niet weet dat je niet onder de douche staat! Geen mens staat zich zo lang te douchen en komt nadien zo stinkend bezweet terug!'

'Stil! Hou op, Nic, ben je gek geworden?'

'Je sluipt de kelder in, je kruipt in bed bij de bazin. Ik weet het, ik zie het, ik voel het, ik ruik het. Denk je dat ik geen ogen in mijn kop heb? Het is al heel lang aan de gang! Jij zet je vrouw hoorns met onze hospita. Je gaat naar de hel en zal er levend branden, klootzak. Als je je bek niet houdt over mijn leven, mijn liefde, mijn eerlijke, zuivere toekomst, schrijf ik naar Assumpta en haar ouders en naar jouw mama en papa, ik bel ze op en ik bazuin het overal rond, dat je het met onze bazin doet, dan ga je direct naar de verdoemenis!'

Dit en nog veel meer zegt Nicola Galli tot zijn neef Lamberto Esposito terwijl hij uiterlijk redelijk kalm blijft. Die relatieve zelfbeheersing verhoogt de impact van zijn woorden, Lamberto wéét dat hij het meent.

'Kom, Nico, laat ons vrede sluiten, het spijt me, het is tijd, we moeten naar het werk.'

Dat meneer Sorgeloos noch enige andere getuige de ware toedracht van Nics beschuldigingen in het platste dialect verwoord begrijpt, is een waarachtig godsgeschenk.

'Excuus, meneer Zorg en Loos, wij moeten vertrekken', zegt Lamberto verslagen.

'Oké mannekes, ik zal eens polsen wie van jullie ons Judithje ziet zitten.'

Sorgeloos grijnst wat onzeker – wat was hier aan de hand?

'Awel, awel, die mannen kunnen het tegeneen nogal eens uitleggen, hé', resumeert hij voor niemand in het bijzonder terwijl de neven het zaaltje uit snellen.

'Waarover ging de ruzie?' vraagt de barman.

Sorgeloos haalt zijn schouders op. 'Vurig volkske, die zuiderlingen.'

Het zijn geen kwaaie jongens, wil hij nog zeggen, harde werkers, zo dag en nacht samen en nooit eens alleen, maar de caféhouder is hem voor.

'Als het om te vechten is, moeten ze bij mij niet komen. Ik heb het er met mijn vrouw nog over gehad. Zij wil iedereen binnenlaten omdat we 'n jazzcafé runnen, zelfs negers moeten welkom zijn, zegt ze, maar ik vind dat ge geen ambras moet zoeken. Het vreemd volk dat op 'n ander niet meer binnen mag, kan zo en masse naar hier afzakken hé. Ik ben op den duur wel verplicht ook 'n plakkaat "Défendu aux étrangers" achter mijn ruit te hangen.'

Wat hij verder gromt, gaat verloren in het gejuich van de muziekliefhebbers.

'Bis, bis!' roept Sorgeloos, die niet beseft dat de band al twee bisnummers speelde.

Juffrouw Judith laat haar trekzak op de stoel achter en loopt naar hem toe.

'Schitterend, meiske, dat hebt ge goed gedaan, kind!' Hij geeft haar drie smakkende zoenen op de wangen.

'Zijn Nicola en Lamberto...?'

'Naar de Pictahol ja, maar ze hebben ervan genoten, ik moest u 'n dikke proficiat van hen wensen. Spijtig dat ik niet vroeger kon komen.'

Sorgeloos laat haar niet los, houdt haar tegen zijn borst en buik geprangd en strijkt over haar tengere rug alsof ze ook écht zijn kind is.

'Gij, rasartieste!'

'Spijtig dat ons Estelle het niet heeft gehoord.'

Meneer Sorgeloos meent een snik in Judiths stem te horen.

'Ach, juffrouw Estelle zal u nog genoeg kunnen horen en eerder dan ge denkt, zegt dat ik het gezegd heb. Wat drinkt ge van mij?'

'Een Coca-Cola.'

'Ik moet de groeten doen van de Hollander. 't Is door hem dat ik te laat ben. Hij is vanavond al vertrokken, kreeg een lift recht naar Rotterdam.'

'Is Koos weg?'

Om hém was het allemaal begonnen, de hele krankzinnige ruzie, en nu was hij weg, zonder boe of bah als een dief in de nacht vertrokken. Polderdam had Stella's kop zot gemaakt, letterlijk en figuurlijk. Hij was de enige naar wie zus sinds haar opname had gevraagd. Nog steeds weigerde ze Judith of een van de zussen te zien of te spreken.

Eergisteren nog had de broeder portier van Sint-Vincentius in Stella's naam naar Viersprong gebeld. Mariëtte had opgenomen in de overtuiging dat Stella hen met open armen zat op te wachten, maar de man liet kurkdroog weten dat mejuffer Estelle De Wolf naar ene Koos Polderdam verblijvend in gasthof Viersprong had gevraagd, uitsluitend naar hem én met aandrang én bij herhaling. Nee, haar zussen wilde ze niet ontvangen, in geen geval, had de man herhaald.

11

Het lucht Mariëtte op, Polderdam is met stille trom vertrokken. De mooiste kamer van Viersprong, de suite met zicht op de paradijselijke tuin, is vrij en kan opnieuw verhuurd worden.

Nina Grekova, die de eerste keuze heeft, wil liever in het kleine noodkamertje blijven. Ze overnacht hier haast nooit en heeft geen behoefte aan meer ruimte.

Nu maar hopen op een snelle verhuur. Zo kan nog voor ze de gelegenheid of de moed vindt haar zieke zus de afscheidsgroet en beterschapswens van Polderdam over te maken, zijn plek in huis al door een nieuwe gast ingenomen zijn. In ieder geval is de verstorende factor – Koos de Hollander – uit Stella's dagelijkse omgeving verwijderd. Dat alleen al is positief. Niet dat Estelles 'opstoot' zijn schuld is. Er is nooit iets oneerbaars tussen de juffrouw en hem voorgevallen, vertrouwde de Hollander haar toe toen ze er de avond van zijn vertrek nog naar polste.

'Werkelijk waar niets, juffrouw Mariëtte, niettegenstaande uw zus me regelmatig liet merken dat zij van haar kant wel meer, hoe zal ik het zeggen, toenadering zocht, soms tot op de grens van het, eh, welvoeglijke. Wenst u juffrouw Estelle van mijnentwege een voorspoedig herstel toe.' Op zijn uitgestreken gezicht was een blos gekomen.

Die zwangerschap is volledig uit de lucht gegrepen. Lichamelijk mankeert ze niets, het zit allemaal tussen haar oren, weet Jet.

Dokter Vernieuwen, de psychiater van Sint-Vincentius, durft nog niet te voorspellen wanneer zijn patiënt het instituut kan verlaten, maar hij is ervan overtuigd dat de genezing veel eerder zal inzetten dan dat vroeger het geval was. Doordat de psychofarmaca op korte tijd spectaculair verbeterd zijn én doordat die medicatie nu ook veel gerichter kan worden toegediend omdat ze weten wat haar precies mankeert.

'Ik heb de ziekte van uw zuster kunnen definiëren als manisch-depressieve psychose en dat is een grote sprong voorwaarts', heeft de zenuwarts Mariëtte op de hoogte gebracht. 'De patiënt gaat van uiterst euforisch naar uiterst bedroefd zijn. Manische depressiviteit is een cyclische ziekte, met andere woorden, ze blijft terugkomen, maar zolang de zieke zijn of haar medicatie punctueel inneemt, kunnen de symptomen in bedwang gehouden worden. Uw zuster zal dus, wil ze niet hervallen, heel haar verdere leven medicamenten moeten blijven nemen. Maar dat is een klein ongemak, zou ik zo zeggen. Er zit voorlopig weinig anders op dan afwachten en aanvaarden, al kan de omslag verrassend snel gaan.'

Over een mogelijke zwangerschap heeft de psychiater – evenmin als dokter Geernaerts trouwens – niet met één woord gerept. Gelukkig maar. Alles is het gevolg van die manisch-depressieve psychose.

Zonder veel te zeuren verdelen de gezusters het extra werk dat Stella's afwezigheid meebrengt. Reikhalzend kijken ze uit naar een allereerste bezoek.

*

'Met pension Viersprong, de zaakvoerster luistert', zingt Mariëtte in de hoorn van de telefoon.

'Juffrouw De Wolf? Met dokter Vernieuwen, ik heb geen te best nieuws voor u.' De psychiater spreekt haar zonder veel omhaal aan.

'Uw zuster De Wolf Estelle is vanmorgen vroeg omstreeks vijf uur met hoogdringendheid in de Sint-Elizabethkliniek opgenomen met een niet te stelpen bloeding. Omstreeks zeven uur is de opgeroepen chirurg aldaar aan een spoedoperatie begonnen, het team is momenteel nog altijd in het operatiekwartier aanwezig – ik begrijp dat het een zware ingreep was – maar de specialist liet weten dat mijn patiënte, uw zuster, buiten levensgevaar is. De oorzaak van de bloeding werd gevonden en verwijderd: een obstructie in de vorm van een zeldzame vleesboom in de onderbuik.'

Mariëtte kan het niet vatten. 'Stella?' vraagt ze alsof Vernieuwen zich van patiënt vergist heeft.

'Het belangrijkste is dat uw zusters leven gered is. Het ziet ernaar uit dat ze vannamiddag naar een kamer op intensieve zorgen kan. Ze mag daar vanavond een eerste kort bezoek van de familie krijgen. Voorlopig blijft uw zuster in Sint-Elizabeth, dat zal waarschijnlijk toch een drietal weken worden voor ze terug naar Sint-Vincentius kan worden overgebracht. Ik breng uw huisdokter Geernaerts ook op de hoogte, juffrouw De Wolf. Zijn er nog vragen? Dan laat ik u maar. Ikzelf volg de toestand van juffrouw Estelle uiteraard ook mee op de voet. Tot genoegen, juffrouw.'

'Twee minuutjes, niet langer, en geen vragen', zegt de hoofdverpleegster. 'Ze is enorm verzwakt door het bloedverlies.'

De haren onder een groen plastic douchekapje, ligt Stella bleek en plat aan een wirwar van aan- en afvoerslangetjes, verdoofd op bed.

Judith schuifelt tot vlak bij Stella's hoofd. 'Zuske, lief Zuskeje, Kik is hier.'

Mariëtte blijft bezijden het bed staan ter hoogte van de verhevenheid onder de lakens waar de windsels en de wond – een opengesneden buik! – zich bevinden.

Bij het voeteneind knielt Louise en met gesloten ogen murmelt ze een bezwerend gebed dat haar ter plekke door de Heilige Maagd wordt ingegeven.

Judith ziet Stella's ooglid trillen, een mondhoek schichtig trekken, waardoor de sonde even op en neer wipt alsof zus probeert te glimlachen.

'Dat komt hier allemaal goed met u, Zuskeje.'

Het oog rechts waarvan de wimpers trillen gaat open, half open en toont het wit van de oogbol en de waterig blauwe iris, heel even slechts. Ze kijkt precies naar mij, denkt Judith.

'Achere, achot', kreunt Jet.

'Jezus, Maria, Jozef!' roept Wis snikkend uit.

Dan zijn de twee minuten voorbij.

'De chirurg, professor dokter Haezebroeck, wil dringend de familie spreken', kondigt de hoofdverpleegster aan alsof ze het hoogtepunt van een show presenteert.

De professor wacht hen in zijn burgerpak op de gang op.

142

'De dames De Wolf?' Hij schudt hun een voor een vitaal de hand.

'Professor gynaecologie Haezebroeck. U bent de zusters en de moeder van de patiënte?'

'Jawel, eh, nee', zegt Jet. 'Wij zijn alle drie, alle vier gezusters, dokter.'

'In orde, allen familie in de eerste lijn.'

De arts laat zijn stem vertrouwelijk tot fluistertoon zakken.

'Ik wil u niet in het onzekere laten over de feiten. Als vooruitstrevend medicus vind ik dat de naaste verwanten grondig en ter zake moeten worden ingelicht, dat kan voor ieder van u als bloedverwant van belang zijn!'

In tegenstelling tot wat de zacht gefluisterde woorden laten vermoeden – Louise moet haar hand als een schelp achter haar oor houden om de man enigszins te verstaan – lijkt de aangekondigde boodschap de arts te doen vollopen met trots.

'Ik heb bij jullie zuster een uiterst zeldzame aandoening ontdekt. Een goedaardige tumor die in de medische literatuur eeuwenlang – sinds de Griekse oudheid al – vermeld staat als een teratoom, ook wondergezwel of monstergezwel genaamd. We mogen hier met recht gewagen van een absoluut opzienbarende ontdekking! Bijna niemand heeft wereldwijd ooit met eigen ogen een intact en actief groeiend exemplaar gezien, er zijn slechts enkele vage foto's of ruwe schetsen van verdroogde en verschrompelde specimen bewaard gebleven, op één enkele foetus in foetu op sterk water na dan. Inderdaad, het gezwel bij uw zuster betreft het wonderlijk zeldzame menselijke teratoom bestaande uit verschillende fraai volgroeide weefsellagen. Ik heb er niet alleen huid, kraakbeen en bot in aangetroffen, maar heb zelfs meerdere volmaakt gevormde tanden bij mijn patiënt gevonden. Volkomen verstrengeld en vergroeid met de baarmoeder is de parasitaire weefselmassa in de buikholte kunnen uitgroeien tot een bijna perfect ronde bal, waarvan het oppervlak merendeels dicht en donker behaard, met een doorsnede van tweeëntwintig en een halve centimeter en het totale gewicht van niet minder dan drie kilo en honderdvijftig gram, het gewicht van een gemiddelde baby, zeg maar. De toenemende druk van het woekerende gezwel hypothekeerde het normale functioneren van de ingewanden en heeft ten slotte de explosieve bloeding uitgelokt. Een bloeding die voor mijn patiënt fataal zou zijn geweest als ik, samen met mijn gespecialiseerd team uiteraard, niet tijdig had ingegrepen. Wij hebben gelijktijdig met de baarmoeder ook de appendix verwijderd. Het teratoom zal verder in het laboratorium ontleed en bestudeerd worden. Een unieke casestudy, die de geneeskunde in ons land én ver daarbuiten verrassend nieuwe informatie over het fenomeen zal bezorgen en ons aldus een ferme stap vooruit zal helpen in het begrijpen van de aberraties van de menselijke natuur.'

Zonder de gezusters de tijd te gunnen even op adem te komen gaat de chirurg gedreven verder in crescendo: 'Om de voorgeschiedenis van het Haezebroeck-teratoom te duiden moet ik de bloedverwanten bevragen – met strikte geheimhouding van de persoonsgegevens, uiteraard. Uw zuster zou, voorafgaand aan de opname, weleens beweerd hebben dat ze zwanger was, of dat ze dacht dat te zijn, klopt dat?'

Sprakeloos staan de drie zussen voor de dokter.

Louise begint te snikken en te zwijmelen. Judith en Mariëtte kunnen haar nog net op tijd ondersteunen, zodat ze niet tegen de vlakte gaat.

'U hoeft niet bang te zijn, mevrouw, uw dochter, eh, uw zuster zal zodra ze van de operatie hersteld is, volledig gezond en wel zijn – misschien wil u even gaan zitten?'

'Onze zus is psychiatrisch patiënt, dokter', antwoordt Mariëtte. 'Wilt ge gaan zitten, Wiske, gaat het?'

'Dat wist ik niet, excuus mevrouw, mejuffrouwen.'

'Ik niet, Estelle', zegt Louise tegen de dokter.

'Estelle dacht dat ze zwanger was, ja.' Judith ziet Stella's bolle buik en volle borsten weer voor zich. 'En ik dacht het ook. Was dat dan niet zo?'

De gynaecoloog glimlacht begripvol om zoveel naïviteit en onwetendheid.

'Een teratoom is niet het gevolg van een bevruchting. Hier bevond het gezwel zich oorspronkelijk in of nabij de baarmoeder, waardoor het de kenmerken van een zwangerschap kon genereren, maar de exceptionele wildgroei kan eender waar in het lichaam ontspruiten.'

'Begrijpe wie kan, ze was dus niet in verwachting!' roept Louise uit. Ze krijgt weer wat kleur op de dunne lippen en slaat gelijk een kruisteken als dank aan de Goddelijke Voorzienigheid dit keer.

'Is uw zuster mogelijks de helft van een tweeling, een- of twee-eiig, waarvan de andere helft voor of bij de geboorte is overleden? Zijn er in de familie weleens twee-, drie- of meerlingen geweest? En mag ik ook informeren of er zich bij uw weten in de familiegeschiedenis ooit een min of meer gelijkaardig verschijnsel heeft voorgedaan? U moet me daar niet een-twee-drie op antwoorden', benadrukt dokter Haezebroeck – alsof ze de voorbeelden maar voor het oprapen hebben. 'Het is van groot belang dat u dit eerst ernstig nagaat en navraagt, in naam van de wetenschap.'

Op de achterbank van de autobus naar huis zitten de zussen zwijgend naast elkaar, elk in eigen gedachten verzonken.

Stella is gered, ze zal leven. Het was God zij gedankt geen kanker. Het was een gezwel in de buik, een monsterlijke parasiet met haar en tanden en al. En toch was ze niet zwanger.

Als ik mij niet vergis, zal ze nu vroeger in het keren van de jaren komen, denkt Mariëtte. Ze had moeten vragen of de chirurg naast de baarmoeder ook de eierstokken heeft weggesneden – maar denkt een mens daaraan op zo'n cruciaal moment? Daarbij, dat kan juist positief uitdraaien. Wanneer de hormonen haar niet meer opspelen en haar wellustgevoelens afzwakken tot normale proporties of wegdeemsteren, kan Estelle misschien eindelijk tot rust komen. Waarschijnlijk heeft de vermeende zwangerschap haar naar de waanzin gedreven. Nu het gezwel eruit is, kan de manisch-depressieve psychose ook verdwijnen.

'Het is niet vandoen onze gasten te verontrusten', zegt Mariëtte wanneer ze bij de halte tegenover Viersprong van de bus stappen.

Op de stoep wachten ze tot de stadsbus verder doorrijdt om samen het kruispunt over te steken.

'Vanaf nu kan het alleen maar beter gaan met juffrouw Estelle. Het gezwel was goedaardig en het is verwijderd', declameert Mariëtte alsof ze de logés toespreekt.

Zonder baarmoeder krijgt Estelle nooit nog een kind, hoe gaat ze dat opnemen, denkt Judith. Maar nog voor ze iets kan zeggen, houdt Jet haar en Louise met gestrekte arm midden op het zebrapad staande. 'Hoort!' roept ze, onmiddellijk furieus.

Het snerpend hoge huilen van een elektrische zaag stijgt naast het pension uit de tuin op.

'Ik heb mijn gat nog niet gekeerd! Maurice, godverdomme!'

Zonder uit te kijken loopt Mariëtte roekeloos naar de overkant, via het hek linea recta de tuin in.

'Gij zoudt u nog laten overrijden ook, en ons erbij!' roept Louise haar klaaglijk na.

'Kom, zoetje.' Ze neemt Judith bij de arm en samen lopen ze behoedzaam over het zebrapad naar de voordeur.

'Iets als dankbaarheid kent ze toch niet, ons Mariëtte, terwijl het allemaal nog veel erger had kunnen zijn', zegt Louise. Haar gezicht vertoont ontelbare plooitjes terwijl ze een zorgelijke grimas trekt. De bedorven tanden komen daarbij heel even vrij.

12

'Gij houdt ze vast en ik kap ze de kop af.'

Mariëtte, met de kippenpoten in de ene hand geklemd, de vleugels bijeen in de andere, houdt Louise het dier voor.

Als het vlot gaat is het niet moeilijk. Louise hoeft trouwens niet eens toe te kijken. Ze kan haar ogen toeknijpen terwijl Jet de bijl hanteert, mikt en toeslaat. Haar enige bijdrage is het beestje goed vast te houden. Het spartelende, slaande en fladderende lijf stevig blijven omklemmen, ook en vooral na de slag, tot het helemaal stil en zwaar wordt. Dat kan met gesloten ogen, weet ze. Toch is ze bang. Het blijft altijd mogelijk dat Jet even niet oplet en de bijl per vergissing op haar hand laat neerkomen.

De oude hoen voelt het onheil aankomen. Ze wil niet tot soepkip gedegradeerd worden, kakelt paniekerig en probeert heftig met haar gekortwiekte vleugels te slaan.

'Vlerken en poten bijeen, Wis, of ze gaat ervandoor!'

Louise, die het dier van Mariëtte heeft overgenomen, drukt de poten tegen het hakblok – de stronk van een afgezaagde dode kerselaar waarop vanouds het stoofhout wordt kleingehakt. Het beest krijgt de illusie dat het nog stevig op eigen poten staat.

Ze zal de kip pas op het laatste moment neerleggen, op de derde tel – dat is nadat Jet de bijl heeft geheven, eerste tel, zijzelf de kop beetpakt, tweede tel, en die tegen het hakblok drukt, derde tel, waarop Jet met één snelle houw de langgerekte kippennek zal klieven.

Ze hebben het nog gedaan, ze weten hoe het moet.

'Zouden we niet beter wachten tot als Maurice ons kan helpen?'

'We hebben het zonder die profiteur ook gekund', zegt Mariëtte, 'en houdt dat beest stil.'

'Dat was vroeger', sputtert Louise, ze kan daar precies niet meer zo goed tegen.

'Wat 'n pantomime is me dat hier, twee vrouwen om één kieken te slachten', had Maurice jaren geleden gezegd en hij had het van hen overgenomen.

Zij hadden het steeds zo weten te regelen dat hij in de buurt rondhing wanneer er een kip moest worden geslacht. Door de ruzie die Jet openlijk met hem heeft gemaakt kan of wil ze zijn hulp niet meer zonder gezichtsverlies vragen.

'Het is toch een beetje overdreven, hoe ge tegen die mens uitgevlogen zijt', klaagt Louise, de tengere rug pijnlijk over het hakblok gebogen. Zal ze haar ogen toedoen, of niet? Haar vingertoppen tintelen pijnlijk alsof ze bevriezen.

'De smeerlap, de godverdomse klootzak!' vloekt Mariëtte binnensmonds. 'Hij verdient niet beter, Wiske.'

Ze had hem uitgescholden voor al wat lelijk was, buiten proportie, alsof hij de ergst denkbare misdadiger was, en dat enkel en alleen omdat hij stiekem de elektrische zaag had gebruikt. 'Als ge het mij met manieren vraagt, én lang genoeg op voorhand, zal ik er misschien in het vervolg ooit nog wel een keer over nadenken of ge ze eens moogt bezigen', had ze hem gezegd, 'en zijt content dat ik het werkkot of onze hof niet carrément op slot doe.' Ze had de zaag meegenomen en ze op haar kamer onder de kleerkast verstopt. Dat zou hem leren.

Wie weet heeft hij het lef hun zijn hulp te weigeren en zegt hij: 'Awel, zaagt in het vervolg uw kiekens met uw elektrische zaag de kop af, juffrouw Mariëtte!' Hij is ertoe in staat. Ze was misschien beter toch iets minder streng geweest, achteraf bekeken.

'Hoe lang nog, Jet?' kreunt Louise onder druk van haar zere rug.

'Hoe lang wat?'

'Of zullen we het uitstellen?'

'Nee, ze legt al maanden geen ei meer en gij wilt vol-au-vent maken!' Mariëtte gesticuleert onrustig met de bijl in haar hand.

'Klaar?'

'Wacht efkes.' Louise heeft kramp in haar knieën en handen gekregen. Ze lost haar grip op de oude hoen.

'Ook goed.' Jet laat het bijlblad even rusten op de aarde.

De kip blijft stokstijf op het hakblok zitten, alleen haar oogjes pinken als ze van de stronk onder haar poten op-kijkt naar haar belagers – van Louise op ooghoogte naar Mariëtte hemelhoog, afwisselend – en weer terug naar beneden.

Verrast schudt ze haar vleugels en ze begint driftig de pennen te fatsoeneren.

'Ochot, nu rappelleer ik me weer wat ik gedroomd heb!' zegt Louise ineens. Ze duwt zich moeizaam rechtop, terwijl – 'tss... tss...' – het speeksel haar met de adem tus-sen de lippen door ontsnapt.

Met een vederlicht sprongetje wipt de kip van het hakblok. Ze begint vinnig op de grond rond te scharrelen en onzichtbare graantjes te pikken.

'Ze droeg een lang blauw kleed, een gewaad met een kap eraan', spreekt Louise langzaam, 'en wij gedrieën stonden rond haar bed. Ze zag er stralend schoon uit, en ze hield een bundel windsels op haar schoot...'

'Ons Estelle?'

'"Wat zit er in die bussel gewikkeld, Stellake?" vraag ik – ik kon alleen een kruin, een donker bolleke kroezels zien. En ze licht de doeken op en ik zie dat het een kind is, tss... tss... een volmaakt kindje, precies het kindeke Jezus.'

Louise tast blind naar de neusdoek die in de zak van haar schort zit, en dept haar natte mond en vochtige ogen. In haar droom was Estelle de Heilige Maagd geworden of omgekeerd. De Moeder Gods geleek in elk geval erg op haar zuster.

'Het was allemaal niet heel duidelijk, maar wel heel schoon.'

Mariëtte onderdrukt een zucht. Ook zij loopt al dagenlang te denken en te dubben over het gedrocht in Stella's buik, een beeld dat ze niet meer uit haar hoofd krijgt, waarschijnlijk nooit meer.

'Een schone droom is een goed voorteken', zegt ze troostend.

Louise hoort het niet, ze snuit lang en luidruchtig haar neus.

'Ik betrouw op ons Heer dat alles goed komt met ons Estelleken...' zegt ze dapper. Ze vouwt de zakdoek en stopt hem terug in haar schort.

'Maar nu gaan we eerst voor ons eten zorgen.'

Ze bukt zich, tilt de kip, die scharrelend een eindje is afgedwaald op en zet haar opnieuw op het kapblok.

Daar strijkt ze het beestje een laatste keer over de roest-bruine rug en flanken terwijl Mariëtte zwijgend de bijl ter hand neemt.

'Op drie is 't zover, kind', zegt Louise. 'Van a-een, a-twee, a-drie!' Ze knijpt haar ogen stijf dicht.

Flap! De bijl scheidt de kop van het kippenlijf, dat heftig protesterend begint te schudden, te stuiptrekken en te slaan.

Te laat springt de onthoofde hoen opeens uit Louises handen op en terwijl haar kopje – de bek en ogen wijd opengesperd – op het blok achterblijft, spurt het lijf de tuin in richting hondenhok.

Daar mindert het vaart en komt een tiental meter van de zussen vandaan tot staan, draait zich parmantig trip-pelend op de hooggeheven poten om, als wil het de vrou-wen aankijken zonder hoofd of ogen en gaat dan lang-zaam – de vleugels breeduit gespreid – in het stof zitten. Voorzichtig en zorgzaam alsof ze een nest eieren gaat uitbroeden. Ze neemt er haar tijd voor.

Lucky komt nieuwsgierig toekijken naar wat dat vreemde wezen bij de afsluiting uitvoert.

De hen trekt de nek in haar borstkas, er loopt een dun straaltje bloed over haar borst. Het lijfje wordt helemaal stil.

'Tss... ik kon ze echt niet tegenhouden!' zegt Louise geschokt.

Mariëtte heeft haar hand voor haar mond geslagen, het scheelt maar een haartje of ze begint te wenen. 'Waarom... waarom konden we ze in godsnaam niet nog wat laten leven?' vraagt ze.

'Allee vooruit, zet gij de waterketel op 't vuur, ik zal ze pluimen.'

Louise gooit de kop naar de hond, neemt de kip bij de poten op – de vleugels waaieren pluizig oranjerood uit – en loopt ermee naar het terras.

De dampende emmer tussen hen in zitten de zussen bij elkaar op het terras. Louise heeft de kip in het hete water gedompeld, zodat de pluimen vlot loskomen. Vakkundig plukt ze het druipende beest, dat op krantenpapier in haar schoot ligt. Ze laat de plukjes losse veren tussen haar gespreide knieën op de opengevouwen oude krant aan haar voeten vallen. Het is een fluitje van een cent. Zonder de doordringend weeïge lucht van het lauwe kreng was dit een aangenaam handwerkje geweest.

Mariëtte kijkt toe en luistert.

'Dat het een ellendige bevalling was geweest, een keizersnede. "Ze hebben heel mijn buik opengesneden", zei ze. "De dokters hebben mij volledig moeten verdoven. Het kind was te zwaar en te groot voor mijn bekken – ik ben te smal geschapen", zei ze, en dat ze ondanks het bloedverlies en het zeer een sterk en gezond jongetje gekregen had. "Ik heb het horen schreeuwen," zei ze, "amai, het heeft stevige longetjes." Ze lachte. Wat kon ik daarop zeggen, Mariëtte? Ik kon haar dat... ik kon haar... de waarheid toch niet in het gezicht smijten? "Maar weet ge", zei ze, "dat ik hem nu nog altijd niet heb gezien! Hoewel ik er gedurig ben blijven naar vragen waar dat mijn zoontje is, waar het naartoe is gebracht, of die onderzoeken nog niet gedaan zijn, wat ze met mijn baby hebben gedaan. Wanneer gaan ze het nu bij mij op de kamer brengen, dat ik het eindelijk kan zien en vasthouden?" vroeg ze. "Ik word hier door iedereen aan het lijntje gehouden", zei ze. "'Later, later, altijd maar later, de dokter zal het u later wel zeggen, straks na het rusten of na het onderzoek, of morgenmiddag of overmorgen of als gij wat beter zijt, na uw pilleke en na uw prikske in uw bil', en blablabla, allemaal uitvluchten!" Ze is van pure miserie gestopt met vragen te stellen en tot actie overgegaan, zei ze, op zoek naar haar baby, ver kon hij niet zijn, meende ze. Daarop hebben de verpleegsters haar aan haar ziekenhuisbed moeten vastbinden – de wonde zou weer kunnen opengaan. En omdat ze moord en brand was blijven schreeuwen, hebben ze de tranquillizers nog moeten opvoeren om haar stil te krijgen – naar het schijnt raakte de hele afdeling intensieve zorgen door haar getier in paniek. En dan moeten ze het haar gezegd hebben, als ze half bewusteloos en suf in die beddenbak lag, hebben ze het aangedurfd het haar te zeggen...'

'Wat hebben ze haar juist gezegd?' vraagt Mariëtte.

'Dat het een vleesboom was, een cyste en niet levensvatbaar. "Zo ineens gooiden ze dat vlak in mijn gezicht", zei ze. Ons Estelle is beginnen te wenen, ik ging daar zélf kapot aan, Mariëtte, aan ons Estelleken haar verdriet. "Ze zeiden dat ik blij mocht zijn dat ze het hadden kunnen verwijderen en alzo mijn leven redden", weende ze. Eén verpleegster had haar gezegd: "Denkt eens na, ge ligt hier niet op de materniteit hé, madame!"'

'Achere.' Jet zucht. Ze denkt aan het monster, een gedrocht zoals ze dat vroeger op de kermis in de rariteitenbarak tentoonstelden, en gruwt. Dokter Haezebroeck bestudeert het ding in zijn laboratorium. Hij snijdt het in flinterdunne schelletjes die hij onder de microscoop legt.

'"Probeert het te aanvaarden, zoetje. 't Is dat het zo moet zijn", heb ik gezegd', vervolgt Louise. '"Het was een levensbedreigend gezwel. Ge hadt eraan dood kunnen gaan, Stellaken, echt waar." En ze liet zich over haar haren strelen, haar schoon kopke. Het haar hing flets en plakkerig en zweterig tegen haar slapen. En dan heb ik het extract in het glas gedruppeld dat op haar nachttafeltje stond. "Wat is dat, Wis?" vroeg ze. Ik zeg: "Nagelkruid, tegen het verdriet en de pijn en om rap te genezen, zoetje." En dan is de bom gebarsten...'

Louise moet even op adem komen. Verwoed plukt ze aan de hardnekkigste veren van het halfnaakte kippenkreng.

'Ze heeft het glas omgekieperd en is in een colère tegen mij uitgevlogen, ze is beginnen te roepen en te tieren... of ik er misschien méér van af wist, of ik en haar andere zusters, de teven, de smerige teven, krijste ze, of de smerige teven er misschien meer van af wisten... Het was verschrikkelijk, Mariëtte.'

Louise kan alleen nog maar fluisteren.

'Ze is begonnen te roepen dat ze zich herinnerde hoe we alle drie rond haar kraambed hadden gestaan als aasgieren om te zien hoe het met haar was gesteld. "Wat zijt gij hier met Jet en Judith komen doen bij mijn bevalling? Waarom heb ik jullie wél gezien, maar mijn kind niet? Waarom gaat gij het niet voor mij zoeken? Hebben jullie het weggenomen? Zijt ge er al mee gaan lopen, misschien? Wat hebt ge met mijn baby gedaan? Hebt ge hem dood gedaan?" Ze ging als een razende tekeer en probeerde uit bed te kruipen. "Omdat het jullie niet uitkomt! Ge hebt er alle drie schrik van, ik weet het. Ge hebt mijn kind gepikt, mijn baby vermoord. Moordenaar, moordenaars", huilde ze nog terwijl de verpleging haar plat had gespoten. Ik ben dan maar stillekes weggegaan.'

'Achere, achere toch...' antwoordt Mariëtte.

Op de gang had het verplegend personeel Louise afgeraden nog op bezoek te komen zolang de psychische crisis niet was geluwd. Nu de patiënte eindelijk wat gekalmeerd scheen, was ze door het bezoek wéér naar haar kind beginnen te vragen. En ze had de afdeling inwendige ziekten al genoeg in paniek gebracht.

De chirurg en de psychiater hadden gezegd dat voortijdig bezoek hun patiënte meer kwaad dan goed deed.

Mijn aanwezigheid heeft haar toestand doen escaleren, alsof het allemaal mijn schuld is, dacht Louise.

Zelfs de kuisvrouw had het gesuggereerd. Ze stond de gang te dweilen toen Louise verbijsterd uit de kamer snelde.

'Tiens, ze was vanmorgen pertang heel rustig, ze weende eens niet, en ik dacht nog het gaat eindelijk precies toch wat beter met dat ongelukkig madammeke met haar vleesboom...'

Dat vertelt Louise liever niet aan Mariëtte.

13

'Zondag, 5 september 1965, aankomst van de heer Van Hemelrijckx Désiré', schrijft Mariëtte met haar regelmatige handschrift in het pensionregister neer.

Ze is tevreden, eindelijk een lang verblijf geboekt. De mooie suite heeft op enkele occasionele weekends en midweken na te lang leeggestaan. De bouwpromotor van het West-Vlaamse bedrijf Betonmix zal zes maanden te gast zijn. Dat scheelt een hap aan inkomsten, geld dat ze nodig heeft om de achterstallige ziekenhuisfacturen te betalen. Vooral nu het zwarte spaarpotje opeens is drooggelegd – de Russische verstekelinge is half augustus met de noorderzon verdwenen.

Jet overloopt het gastenboek tot Stella's laatste aantekening, de inschrijving van Koos Polderdam precies twee jaar geleden. Ze was toen nog goed, ons Estelle, denkt ze.

Toch weer mooi volgeboekt, allemaal vaste logés, voorlopig toch.

De Roeck en Sorgeloos, geen probleem, veevoederman Opsomer is zijn derde verblijfsperiode ingegaan – tevreden klanten blijven terugkomen, daar niet van. Maar het vast verblijf van de Italianen is niet langer verzekerd.

Lamberto heeft haar toevertrouwd dat Assumpta, zijn echtgenote, het wachten moe is. Ze wil met hun zoontje naar België komen, er zijn wel meer vrouwen en kinderen van gastarbeiders die dat doen. Het is nog niet uitgemaakt wanneer, maar dat ze hierheen komen staat vast, zei hij.

Ook al komt het nieuws voor haar niet helemaal onverwacht, Mariëtte moet bekennen dat dit een pijnlijk verlies voor haar dreigt te worden. Daarom wil ze het aantal intieme ontmoetingen met haar geliefde langzaamaan afbouwen. Ze probeert het alvast telkens nog weer een nachtje langer uit te stellen vooraleer de grote, zwarte kei boven op de witte kiezels te leggen, ten teken dat hij bij haar kan komen.

Wanneer Lamberto vertrekt, is zij niet alleen haar minnaar kwijt, Viersprong verliest dan tegelijk niet één, maar twee huurders. Als Nicola al niet eerder vertrekt dan zijn neef. De jongen maakt er geen geheim van dat hij een Vlaamse verloofde heeft gevonden met wie hij gaat trouwen, en liefst zo rap mogelijk. Hij wil in ons land zijn eigen bedrijf opzetten, iets met pompbakken. Dat betekent een vaste kamerprijs met dubbel vol pension aan inkomsten minder, een forse klap.

De stabielste factor is De Roeck als vaste inwoonster. Maar ook zij heeft het eeuwige leven niet. Integendeel. De oude begint de laatste tijd fel achteruit te boeren, peinst Mariëtte. Het aftakelen is natuurlijk al langer bezig – vergeetachtig en achterdochtig is ze altijd geweest – maar nu vreest ze dat ze stilaan seniel wordt. Ze laat ook fysiek steken vallen, niet op tijd naar de wc gaan, te lang wachten om haar ondergoed te verschonen, zich weinig of niet wassen, dat riekt ge. En haar lakens pottenzwart alsof ze uit de kolenmijn komt.

Dat vraagt alsmaar meer zorg en bijkomend werk – wat zwaar is, zeker nu Estelle niet meer of nog niet honderd percent kan meedraaien als tevoren. En tenslotte kan een hoogbejaarde gemakkelijk ieder moment doodvallen.

Bon, het zijn onzekerheden waarmee een mens moet leren leven. Ze zullen zich erdoorheen slaan. Zolang ze kwaliteitsvolle service bieden, blijft Viersprong bestaan. Dat moet lukken als ze blijven doorgaan en hun naam hoog houden. Ook voordat de gastarbeiders hier aankwamen en lang voor De Roeck hier neerstreek, deden ze het goed.

Ze zullen geen stap wijken. Het kan toch niet de bedoeling zijn dat ook zij hun kamers beginnen vol te stouwen met onmondige buitenlanders, handenarbeiders die in hun thuislanden verhongeren?

De komst van de heer Van Hemelrijckx is cruciaal. Een man met standing en een voortreffelijke, vooruitstrevende visie. Hij komt het aanschijn van het stedelijk weefsel oppoetsen, grondig vernieuwen en moderniseren en mogelijks ook het klantenbestand. Hij is the right man in the right place.

*

'Ge moogt aan tafel komen, meneer Désiré, het eten is gereed', komt Mariëtte de bouwpromotor op het terras voor het avondmaal uitnodigen.

Hij legt zijn krant neer. 'Ik kom af, madame.' Hij drinkt het bodempje whisky leeg en drukt zijn sigaret in de asbak uit.

'Kom beestje, naar uw kot', spreekt hij de hond toe, krabt hem achter de oren, richt zich uit de tuinstoel op – een boom van een vent! – en loopt voor het dier uit om het de omheining rond het hok binnen te laten.

'Tot subiet, Lucky Luke.'

Na de maaltijd zal Désiré Van Hemelrijckx eigenhandig Lucky etensrestjes voeren.

Mariëtte kan zich niet herinneren dat één gast zich ooit sneller in Viersprong heeft genesteld. Het is alsof meneer Désiré hier onmiddellijk werkelijk thuis is. Zelfs de hond, waaraan Estelle sinds haar terugkeer niet de minste aandacht schonk, geniet van 's mans affectie.

In luttele dagen is zijn imponerende aanwezigheid Jet helemaal vertrouwd geworden. Zijn robuuste postuur, de handen als kolenschoppen, het sterke gezicht dat snel donkerrood aanloopt – als van een maffioso of wat zij zich daarbij inbeeldt – in fel contrast met zijn uiterst zachtaardige inborst, een tam konijntje gelijk, en al even zwijgzaam, denkt ze.

'Allee vooruit, doet uw onderbroek aan, Estelle, en ga mee naar de eetzaal', zegt ze tot haar zus, die aan de hoek van de keukentafel zit.

'Ik eet hier', antwoordt Estelle onbewogen.

'Laat ze toch, tss…' slist Louise terwijl ze de heerlijk dampende stoofkarbonaden met een grote pollepel in de inox dienschalen overschept.

'Ze gaat het nog zo ver drijven dat haar eigen hond naar haar begint te bassen en te bijten. Het wordt tijd dat ze onder de mensen komt!'

'Meneer Gaston is terug van congé, hij zal naar u vragen, Estelle', dringt Mariëtte aan.

Stella zegt niets, ze heeft al gezegd wat ze wil.

'Is 't weer van stomme ambacht, ja? Doe dan tenminste een onderbroek aan!'

Mariëtte trekt de ingebouwde keukenkast open, grist een slip van het stapeltje ondergoed dat ze daar speciaal binnen handbereik naast de keukenhanddoeken heeft gelegd, en houdt Estelle de onderbroek bengelend voor, als een wortel voor een ezel.

Stella lijkt niet zinnens het voorwerp aan te raken en haar vrouwelijkheid te bedekken. Als een bokkig kind kijkt ze weg.

Mariëtte laat de slip dan maar op het lege bord neerdalen en gaat de gebakken frieten in het mandje driftig opschudden.

Louise neemt het voor Estelle op terwijl ze toefjes peterselie in de gevulde schalen plant. 'Ge wéét dat ze geen ondergoed kan verdragen. En toont toch eensssss... een beetje geduld met haar, Mariëtte.'

'Geduld, geduld', echoot Jet. De frieten zijn een tweede keer afgebakken en moeten tegelijk met het vlees worden opgediend. 'Geduld, ja, als zij dan tenminste met haar benen toe leert te zitten!'

'Ha, hier hebben we voorzeker de entrepreneur van de grote bouwprojecten!' roept meneer Sorgeloos joviaal uit.

Hij is pas terug van een weekje herfstvakantie thuis bij vrouw en kinderen, en ontmoet de nieuwe gast voor het eerst. Hij schuift zijn stoel achteruit en loopt op de monumentale man toe.

'Sorgeloos Gaston. Tapijten, gordijnen, tafellinnen en ander edel textiel, aangenaam.'

'Goeie avond.' De reus schudt Sorgeloos de hand en gaat tegenover hem aan tafel zitten, naast de Italianen. 'De dagen beginnen al ferm te korten', zegt hij bij wijze van groet aan het gezelschap.

Louise slaat een kruisteken. 'De Heer zij dank voor spijs en drank. Smakelijk, mensen.'

'Mmmm... njam, njam.' Sorgeloos snuift de hemelse geur van het stoofvlees – met trappistenbier bereid – luidruchtig op!

Amicaal richt hij het woord tot de nieuwkomer. 'De keuken is werkelijk waar onovertroffen, dat zult ge zelf rap genoeg ondervinden. Ik zeg het hier juist, ik ben altijd content als ik met verlof ga, maar ik ben nog contenter als ik terug ben, omdat ik het eten van juffrouw Louise niet kan missen.'

Snel werkt hij enkele frieten en een brok vlees naar binnen en gaat enthousiast kauwend verder. 'Ge moogt mij altijd verbeteren als ik mis ben, maar ge kunt mijn gedacht nergens beter logeren dan hier, meneer Van Hemelrijckx! Sinds jaar en dag – meneer Henri De Wolf leefde nog – is Viersprong mijn gedroomde uitvalsbasis om de provincie aan te doen met mijn marchandise. Ik zit hier vlak bij Brussel. Holland en Frankrijk zijn ook niet ver weg – ik doe regelmatig commerce in het buitenland. In hoofdzaak luxetapijten. Komt daar voor mij persoonlijk bij dat ik mijn wagen iedere avond na klantenbezoek veilig op het terrein achter het hek kan parkeren, alzo laat ik er mijn artikelen met een gerust hart in zitten tot 's anderendaa...'

Mariëtte onderbreekt de handelsreiziger. 'Neemt gerust maar wat meer stoverij, meneer Désiré. Er is meer dan genoeg.'

'Pas op! Voor mij – ik weet niet hoe dat met u in de bouw zit – maar voor mij moet dat verlof niet te lang duren. Ik ben een man van de actie, ik moet in beweging blijven, ik heb geen zittend gat', gaat Gaston opgewekt verder. 'Anders was ik wel een bureaukrabber, 'n bleekscheet geworden. Haha. Ik ben voor de vrijheid en het

schoon leven! Alle dagen de baan op, nergens aan vastge-
kluisterd zitten, mijn eigen heer en meester zijn en daar
nog goed geld mee verdienen ook, ik zeg het...'

'Uw stoofvlees smelt als boter op de tong, juffrouw
Louise', lanceert meneer Opsomer om zijn collega Sorgeloos te temperen. 'Werkelijk, mijn complimenten.' Alsof
het de allereerste keer is dat hij haar stoverij proeft.

'Ik zeg het nog, ik heb alles wat ik wil, een schoon in-
komen, een moderne bungalow in de Kempen, een net,
proper vrouwke en kinders die nog goed leren ook, alle
drie, en iedere dag weer geniet ik van mijn vrijdom.' Sorgeloos komt nu helemaal op dreef. 'Plus, daarbij komt...'

'Alles naar wens, heren?' overstemt Mariëtte hem. 'Ge
moet maar spreken als...'

'Daarbij komt dat mijn vrouwke mij altijd graag ziet
komen omdat ik zo weinig thuis ben. Hahaha, hoeveel
kostwinners kunnen er dat zeggen?'

'Zeker, zeker juffrouw', antwoordt Van Hemelrijckx
beslist. Hij eet met smaak rustig verder, schijnt zich niet
aan Sorgeloos te storen.

'Nietwaar, meneer Désiré – mag ik "Désiré" zeggen,
zegt gij gerust "Gaston" – het vrouwke content en onderwijl laat ik mij hier door vier vrouwkes soigneren!'

Meneer Désiré voelt zich niet aangesproken en houdt
de ogen in zijn magistrale hoofd op zijn bord gericht.

'Waarlijk heerlijk, mals varken', prevelt Opsomer me-
lodieus.

'Rund!' protesteert Louise. 'Uitsluitend rund. Ik wéét
dat er mensen zijn die ook varken gebruiken, maar een
chef-kok die zichzelf respecteert, meneer Opsomer, gaat
zich daaraan niet bezondigen. Ik gebruik zuiver rund in

mijn stoverij, altijd met de lever en de nierkes erbij, natuurlijk.'

Ze zegt het wat wrevelig – heeft de veevoederman dat dan niet eerder geproefd?

'Geloof het of niet, meneer Désiré, maar ik ben hier méér thuis dan thuis', lacht Sorgeloos uitnodigend naar de bouwpromotor – hij is niet veel van zeggen.

'Varken is veel te vet,' verheft Louise haar stem, 'dat komt nog niet aan of omtrent mijn stoverij!'

'Is dat niet merkwaardig?' Opsomer richt zich tot de voltallige eters. 'Mijne dames en heren, tot voor kort werd het extra energierijke varkensvlees hoger ingeschat dan het rundsvlees en precies daardoor ook duurder verkocht!'

Hij heeft meteen ieders aandacht – als man van de wetenschap en de vee-industrie bezit hij kennis ter zake.

Hij veegt zijn mond met het servet schoon – slechts voor de vorm, hij is een onberispelijk eter – haalt z'n diep sonore stemgeluid boven en richt zich tot allen, maar in het bijzonder tot de interessante nieuweling Van Hemelrijckx, een man van zijn formaat.

'Dat was in de tijd dat we met ons allen nog niet doodsbenauwd waren van de cholesterol. Heden ten dage durven wij, westerse consumenten, ons zelfs geen onschuldig eitje meer permitteren uit schrik voor te veel cholesterol in het bloed. En dat terwijl recent wetenschappelijk onderzoek uitwijst dat ons organisme cholesterol nodig heeft. En ik herhaal: nodig heeft.'

'Inderdaad.' Meneer Désiré valt hem ernstig knikkend bij.

'Ja, de vrouwen zijn tegenwoordig te veel met hun slanke lijn begaan', vult Mariëtte beide heren aan. 'Ge moet een magere sprinkhaan zijn of ge zijt niet in de mode. Op wat gelijken die magere spillebeentjes en kippenborstjes. Nee, geef mij maar de ronde vrouwelijke vormen van vroeger', vervolgt ze terwijl ze koket naar de bouwpromotor glimlacht.

'Inderdaad', beaamt hij haar ernstig toeknikkend.

'De angst voor cholesterol wordt ons allen ten onrechte aangepraat, niet alleen de vrouw, maar evenzeer de man, en zelfs de kinderen', zegt Opsomer op speels dreigende toon.

'Te veel vet is niet goed voor hart en bloedvaten, zeker voor oudere mensen is het slecht. Dat heeft weinig met mode van doen. Het is altijd zo geweest', poneert mevrouw De Roeck – een universitair gediplomeerde als Opsomer hoort zoiets te weten. Punt.

'Inderdaad', reageert de reus voor de derde keer op identieke wijze, dit keer ernstig naar de bejaarde dame knikkend.

Een klein gebaar of commentaar van Van Hemelrijckx bezit, zo blijkt, het vermogen een uitspraak tot onweerlegbare stelling te bekrachtigen.

'We zijn inderdaad bang, en waar komt die angst vandaan?' vraagt Opsomer retorisch. Hij geeft zelf het antwoord. 'Door het zittend leven dat we meer en meer leiden verbrandt ons lichaam minder energie dan vroeger, waardoor de vetten zich blijvend ophopen.'

'Inderdaad, meneer Opsomer. Maar wij in de bouw verrichten nog veel fysiek zware arbeid en hebben geen last van vet of cholesterol', zegt Van Hemelrijckx ernstig knikkend.

Nu hij meer dan drie woorden heeft gesproken, kijken allen met ontzag naar de man op.

Het wordt stil aan tafel. Buiten rijdt de trein van 18.45 uur het station binnen.

'Ik heb ook geen last van col aan mijn hol!' grapt Sorgeloos.

Niemand reageert, ze lijken zijn woordspeling niet te vatten.

'Ik zei toch al dat ik geen zittend gat heb. Hahaha', voegt hij eraan toe.

'Maar allee, meneer Gaston!' roept Mariëtte opeens fel uit. 'Wat moet meneer Désiré van zo'n taal wel niet denken?'

'Och, ik kan tegen een lolleke, juffrouw Mariëtte', spreekt meneer Désiré haar allervriendelijkst toe voor hij zich weer over zijn bord buigt.

Er loopt een heerlijk ongecontroleerde rilling langs Mariëttes ruggengraat – van hoog in haar nekwervels tot diep beneden in haar staartbeentje toe.

'Dat neemt niet weg dat het ongepast is en, eh, dat het, eh...' begint Mariëtte te stamelen, 'een beetje vulgair kan overkomen op iemand die ons nog niet goed kent', fluistert ze betoverd – de warm omfloerste blik waarmee hij haar aankeek!

'Ik, ik, ik wil nog kleine beetje friet, juffrouw', piept Lamberto's hoge falsetstem terwijl hij paniekerig naar een lege frietkom reikt. Ook de andere kom is op enkele harde, koude frieten na zo goed als leeg.

'Dat mag ook voor mij', valt mevrouw De Roeck de Italiaan bij.

'Ja lekker, voor mij ook nog wat friet graag, alstublieft juffrouw', beaamt meneer Opsomer. Hij heeft zich net opnieuw van het stoofvlees bediend. 'Ook al zit er in onze geliefde vaderlandse friet – gebakken in rundsreuzel, neem ik aan – veel méér cholesterol dan in de stoverij van het huis', voegt hij er op zijn fijnzinnige manier aan toe.

'Zal ik de frietjes bakken, Mariëtte?'

Mariëtte maakt geen aanstalten om in actie te komen, ze blijft met dromerige blik zitten.

'Of ik de frietjes moet bakken?' stelt Louise opnieuw voor. 'Jet?'

'Nee nee, ik doe dat direct.' Mariëtte neemt de lege kommen van tafel – waar zat ze met haar gedachten! 'Mannen in de bouw moeten goed eten, nietwaar meneer Désiré?' En ze loopt zweverig, gracieus naar de keuken.

Lamberto loenst haar bezorgd na.

'Wij worden hier nogal eens in de watten gelegd, hé.' Gaston knipoogt naar zijn overbuurman. 'Cholesterol op of neer', grijnst hij.

In afwachting van de verse frieten vult hij zijn glas met zoet donker tafelbier bij.

'Tiens ja, is juffrouw Judith weeral met haar orkest gaan spelen misschien?' vraagt hij.

'Ja', antwoordt Louise kort – Judith muist er de laatste tijd al te vaak vanonder.

'Dat dacht ik al, de jonkheid houdt ge niet tegen hé. En hoe gaat het met juffrouw Estelle? Ik had gehoopt van haar vanavond aan tafel te zien. Hebt gij juffrouw Stella al mogen ontmoeten, meneer Désiré? Ze is wreed ziek geweest, heeft een zware operatie ondergaan, maar ze is zo goed als genezen', voegt hij er in één adem aan toe.

'Juffrouw Stella?'

'Juffrouw Estelle heeft nog wat rust vandoen, maar alles gaat goed', haast Louise zich. 'Is het niet waar, madame De Roeck, gij zijt ze nog tegengekomen op de trap van de week?'

'Wie?' vraagt mevrouw De Roeck, een hand achter haar oor.

'Ze zal nog een tikkeltje mensenschuw zijn', fluistert Sorgeloos, vertrouweling van Viersprong, de nog onwetende nieuwkomer toe. 'Een zeer fijngevoelige juffrouw', zegt hij erbij.

'Wat?' De ogen van mevrouw De Roeck priemen de tafel rond.

'Dat ge ze nog tegengekomen zijt, verschillende keren zelfs, herinnert ge het u niet meer?' herhaalt Louise langzaam en nadrukkelijk luid – God behoede dat de oude nu ook nog potdoof wordt!

'Ik herinner mij dat maar al te goed!' roept mevrouw De Roeck verrast uit. 'Jazeker, ik ben ze meer dan eens tegengekomen terwijl ze onderweg was naar haar geheime rendez-vousplek. En het verwondert me niks dat ze hier opeens zonder iets te zeggen weg was. Ik heb altijd geweten dat ze spioneerde voor de Russen, maar niemand wou mij geloven!'

Als Mariëtte in de keuken komt, ziet ze haar zus nog steeds aan tafel zitten, achter het bord met de slip erop.

'Maar Estelle, hebt gij nu nog altijd geen eten gehad, mijn schaap!' roept ze uit. Ze grist het ondergoed weg en legt het naast het bord als een servet.

Snel dompelt ze de voorgebakken frieten in het hete vet en warmt het restje vlees dat in de grote ketel is achtergebleven roerend op.

'Waarom spreekt ge ook niet!'

Aan het fornuis in de weer met het eten, gluurt ze regelmatig over haar schouder naar Estelle, maar ze kan niet zien of die de benen open- of dichthoudt. Het zware tafelblad zit haar in de weg.

'Ik heb hier zoveel te regelen en te doen dat ik u ben vergeten', mompelt ze om zichzelf te verontschuldigen.

Ze begrijpt er niets van. De ene dag gaat Estelle vooruit, de volgende dag boert ze weer achteruit, precies een jojo. Toch is ze veel te goed om in het zothuis te blijven.

'En van ons Judith moeten we ook niet veel hulp meer verwachten', denkt ze hardop.

Mariëtte neemt Stella's bord en schept er het opgewarmde overschot op – nog een ferme portie – samen met de verse friet.

'Zo zie, Stellake,' zegt ze terwijl ze zus het dampende voedsel voorzet, 'en als ge er niet tegen kunt, dan is dat ook maar zo, trekt in het vervolg een lange rok aan.'

Ze legt de slip op het aanrecht en neemt de volle frietkommen. 'Dan ziet niemand iets, of uw lange broek, uw bleue jean.'

'Bluejeans', corrigeert Estelle haar.

'Hoort! Nu kan ze ineens wel spreken, als het is om mij te bekritiseren', zucht Mariëtte terwijl ze de keuken uit loopt.

In de eetzaal is ondertussen beroering ontstaan.

'Het stond in mijn dagblad! Ze hebben kisten vol munitie gevonden in het bosje achter de oude kloosterabdij. Daar ging ze altijd zogezegd wandelen – ik heb ze daar verschillende keren zien rondhangen. "Spelende kinderen ontdekken explosieven en oorlogsapparatuur", stond er in *Het Laatste Nieuws*. Ik kan het u tonen, ik heb ze bewaard', zegt mevrouw De Roeck triomfantelijk.

'Dedju, dat heb ik afgelopen week thuis ook in mijn gazet gelezen,' pikt Sorgeloos gretig in 'over kinderen die een boomhut aan het bouwen zijn en die onder de grond kisten vol bommen vinden. Ik moest ook direct denken van: amai, die bommen vlak bij Viersprong, zouden de juffrouwen daarvan af weten?'

'Wéér over dat wapentuig', zegt Mariëtte nuchter. 'Laat dat toch rusten, mensen, hier zijn de langverwachte frietjes! Voilà!'

Ze zet een volle kom friet op tafel en uit de andere bedient ze royaal Lamberto en vervolgens meneer Désiré.

'De restanten uit de oorlog zijn zonder accidenten onschadelijk gemaakt, tast toe, heren!'

Maar mevrouw De Roeck laat zich de mond niet snoeren. 'Niks restanten! Speciaal weggestoken munitie om de bevolking te beschermen tegen een aanval of een communistische machtsovername! Ik wil er mijn eigen hoofd op verwedden dat die postbus gekaapt was door de Russen. De Staatsveiligheid is dat nu aan het uitzoeken. Maar ik zeg u dat Grekova hun koerier was. Haar opdracht zat erop of ze was verraden, ik wil ervan af zijn, maar het werd haar alleszins te heet onder de voeten – heb ik niet altijd gezegd dat ons Ninake een spion is!' kraait Agatha De Roeck victorie voordat ze zich op de knapperige frieten werpt.

'Spannend hé?' Sorgeloos smult en kijkt de bouwpromotor indringend aan. 'Te bedenken dat we hier misschien midden in een spionageavontuur verwikkeld zaten, jongens jongens...'

'Ach, madame De Roeck heeft een levendige fantasie', sust Mariëtte. 'Hoe vorderen – als ik dat mag vragen – de werkzaamheden daar op het terrein waar de cinema Rex vroeger stond, meneer Désiré?'

'Ik ben niet aan het fantaseren. Mijn echtgenoot zaliger was majoor bij het leger en...'

'In alle geval, opgeruimd staat netjes', zegt Louise beslist, terwijl het onduidelijk blijft of ze het over de explosieven of de Rex heeft.

'In geval van oorlog kon ons leger die wapens opgraven om ons te verdedigen', herhaalt mevrouw De Roeck koppig.

Sorgeloos grijnst slim. 'Ge hebt zelf gezegd dat de volgende oorlog een atoomoorlog wordt, madame, zodus zal een bakske geweren en een kistje granaten daartegen niet zoveel meer uitmaken, me dunkt.

'Mevrouw Grekova leek me inderdaad een geheimzinnige dame en spionage hoeft niet per se te worden uitgesloten – laat ons *open minded* blijven', zegt meneer Opsomer bedaard en bedachtzaam. 'Conventionele wapens zijn niet langer aan de orde. Er wordt momenteel door de grootste specialisten ter wereld onderzoek gedaan naar een bom die enkel en alleen levende wezens vernietigt terwijl ze de materiële zaken intact laat, onaangeroerd.'

'Maar dat is gruwelijk...' Mariëttes mond valt open.

'Alle leven gaat eraan, maar de gebouwen blijven staan', benadrukt Opsomer met welluidende stem onwillekeurig rijmend.

'Tss...' Louise schrikt – dit drastische opruimen verkiest ze niet.

'In dat geval blijft er voor u ook niet veel werk meer over, haha', wendt Sorgeloos zich tot de grote bouwpromotor.

'Maar het zal hier vlakbij wel een restant uit de vorige oorlog geweest zijn', voegt hij er gauw aan toe omdat niemand zijn grapje kan waarderen. 'Alzo stond het toch ook in mijn krant.'

'Hoe dikwijls gebeurt het niet,' maakt Aloïs Opsomer zich op voor een volgende lezing, 'dat er graafwerken en bouwprojecten moeten worden stilgelegd omdat men op restanten van de vorige oorlog stuit, zelfs van de Eerste Wereldoorlog – vooral in West-Vlaanderen is dat schering en inslag, daar worden nog dagelijks resten en lijken van soldaten uit '14-'18 gevonden, waardoor innovatieve projecten eindeloze achterstand oplopen. Bent u daarmee nog niet geconfronteerd, meneer Van Hemelrijckx?'

Allen kijken reikhalzend uit naar meneer Désirés antwoord.

'Inderdaad', zegt hij ernstig.

Weer dat ene woord, waarna hij een rustpauze neemt en mes en vork neerlegt.

'Dat valt voor', voegt hij eraan toe en drinkt langzaam zijn glas leeg.

'Op die manier schieten de bouwwerken natuurlijk niet op, kan ik me voorstellen', probeert Opsomer de man iets meer te ontlokken.

'Is iedereen voldaan?' vraagt Louise. Ze staat op en begint discreet de borden te verzamelen.

'Maar midden in de stad moet ge daarvoor niet vrezen, neem ik aan', herneemt de wetenschapper zijn poging.

'Hier zitten nog maar weinig overblijfselen van de Eerste Wereldoorlog onder de grond', zegt Mariëtte in plaats van meneer Désiré. 'We zitten hier per slot van rekening niet in de Westhoek, hé meneer Opsomer.'

'Het was goed eten, dames', zegt meneer Van Hemelrijckx. Hij maskeert even een opborrelende boer achter zijn hand.

'Dank u, meneer Désiré. Ik heb nog een stukske fruit als dessert, een appel of een peer.' Mariëtte plaatst de fruitmand in het midden van de tafel. 'En voor wie dat wil kan ik koffiezetten.'

Opsomer blijft aandringen. 'In de stadskern ziet uw bedrijf zich wellicht voor andere problemen gesteld, zoals het grondwater dat sinds de sloop van cinema Rex onverminderd in de bouwput blijft stromen en er naar verluidt voortdurend uit moet worden weggepompt, zodat de eigenlijke bouw moet uitgesteld...'

Mariëtte meent een vleug leedvermaak in de anders zo voortreffelijke wetenschapper te ontwaren.

'De nv Betonmix, de firma van meneer Désiré, heeft veel verschillende lopende opdrachten', zegt ze. 'Hij doet alles: wegenwerken, openbare en privébouwwerken, sloopwerken, prospectie – wat nog allemaal? – dat is geen erg als er eens één project vertraging oploopt door onvoorziene overmacht', stelt Mariëtte alsof ze Van Hemelrijckx' persoonlijke secretaresse is.

'Dat mag ik toch zeggen hé, meneer Désiré?' Ze glimlacht vertederend naar de grote man zelf.

'Wij hebben hier werk genoeg, inderdaad.' Van Hemelrijckx knikt bescheiden.

Mariëtte begint op haar hand te tellen. 'Het koopcentrum aan de Rex, een sociaal appartementsblok van de gemeente, bestrating voor een compleet nieuwe wijk op de Kouter, én de afbraak van de oude stekskesfabriek ook nog. Nee, het is niet omdat de werf van de oude Rex onder water loopt dat meneer Désiré hier met zijn vingers moet blijven zitten draaien', zegt ze met hartstochtelijk zwellende borst.

14

Estelle zit in het souterrain van de keuken aan de hoek van de zware eikenhouten werktafel een tekening in te kleuren. Zelfs bij dit heldere, zonnige najaarsweer moet de luchter boven de tafel branden, wil ze voldoende licht hebben om te zien wat ze doet. *Het Zondagsblad* waaruit ze met behulp van een doorzichtig blad kalkpapier de zwart-witfoto van Brigitte Bardot omringd door reporters en fotografen heeft overgetekend, ligt geopend naast haar.

De trein van 12.45 uur davert voorbij.

Stella kleurt BB's geruite mantelpakje nauwgezet met blauwe en roze pasteltinten in. De achtergrond en de perslui zal ze minder uitgewerkt in grijswaarden aanduiden.

De klok tikt overluid dwars door de stilte. Estelle hoort het niet, alle aandacht gaat naar haar werk. Ze moet de prent klaar hebben voordat het heen-en-weergeloop, de herrie, het gekletter en kabaal in huis herbeginnen.

Een schitterend feest, goudgeel, zonnebloemwarm, zijn de haren. Brigitte draagt ze meer en meer los de laatste tijd, of gedeeltelijk los, met een getoupeerde dot hoog boven op het hoofd en een waterval van haar sierlijk over de schouder golvend. Brigitte heeft er natuurlijk het haar voor, een mooie, dikke dos, die heeft ze altijd gehad, denkt Estelle. Net als ik, vroeger. Dat zal wel normaal zijn. Bardot is niet geopereerd, ze hebben haar baarmoeder, haar eileiders, haar eierstokken en en passant voor het gemak ook haar appendix niet weggenomen.

De tijd heeft op Brigitte geen vat. Ook haar lippen zijn voller geworden.

Stella zoekt het perfecte roze tussen de kleurpotloden – iets donkerder dan de tint in het mantelpakje en toch niet te fel dat het vulgair wordt, vieux rose misschien?

'Mariëtte! Allo juffrouws, iemand thuis? Allo allo, is er geen belet!'

Maurice staat buiten als bezeten te schreeuwen en op de achterdeur te bonken. De hond aan de ketting blaft alarmerend.

Estelle schrikt niet, ze heeft alleen geen zin Maurice binnen te laten. Liefst wil ze helemaal niemand onder ogen komen en rustig verder werken.

Bonkebonkebonkebonk!

'Hallo! Is er iemand thuis!'

Bonkebonkebonkebonk!

Die vent stopt niet met zijn kabaal. Straks steekt hij, ongemanierd als hij is, de deur zomaar open. Ze is vergeten die op slot te doen nadat ze het vuil van de aangeveegde vloer daarnet snel even naar buiten zwiepte in plaats van netjes stoffer en blik te gebruiken, zoals van haar werd verwacht. 'We gaan u alleen laten, Estelle, wij vertrouwen u, Estelle, ge gaat als ge alleen zijt niets uitsteken hé...'

Bonkebonkebonkebonk!

'Alstublieft, juffrouw Mariëtte! Help mij, 't is voor de kleine! Ik ben het, Maurice!' brult de werkman fanatiek verder.

'Ik kom, ik kom...'

Met tegenzin sleft Stella op haar pantoffels naar de deur toe en trekt die open, een stukje maar, precies ver genoeg om haar neus naar buiten te steken en te kijken.

Maurice, hoogrood, vies, lelijk en panisch, staat er met naast hem zijn dochter Odette, lijkbleek en volvet – een pudding ellende.

'God, juffrouw Estelle, gij zijt het, ik wist niet dat...'

Oog in oog met hem schrikt hij nog meer dan zij. Dat geeft haar moed.

'En voor wat zal het zijn, Maurice?' vraagt ze droogjes en een beetje uit de hoogte zoals ze vroeger met hem sprak. Dat heeft ze goed gespeeld.

Hij wendt weer schichtig de blik af als weleer.

'‘t Is voor mijn dochter', zegt hij. 'Het kind kan niet tegen dat lawijt, het is ook voor een normale mens om horendol van te worden, al dat gedaver! Van vanmorgen te zevenen zijn ze begonnen, juffrouw Estelle. Ik wist nergens van af, lag nog in mijn bed te slapen, ik zeg: "godvermiljaardedju, wat is dat hier allemaal?" Ik meende eerlijk waar dat de Derde Wereldoorlog uitgebroken was...'

'Zoudt ge niet beter straks eens terugkomen als mijn zusters thuis zijn? En houdt u koest gij, loebas!' schreeuwt ze naar de blaffende Lucky achter in de tuin. 'Ik mag zonder hun medeweten niemand binnenlaten', liegt ze en ze wil de deur dichtslaan.

'Alstublieft, juffrouw Estelle, pakt het kind bij u in huis, efkes maar, ik weet niet waar ik ermee naartoe moet, het stopt niet met janken, vanavond kom ik erom, als de werken gestopt zijn, als ge zo goed wilt zijn, alstublieft?'

Wat wil hij van haar gedaan krijgen? Stella kan zich niet herinneren dat er ooit één mens zo onderdanig, kruiperig bijna, tot haar het woord gericht heeft. Want hoewel hij afwisselend deurstijl, wijde lucht en grond voor haar voeten aankijkt, smeekt hij haar om erbarmen.

'Het is maar voor een paar uurkes, een geval van overmacht, ze zal braaf zijn, ge gaat er geen last van hebben...'

Alsof hij een berg verplaatst, duwt Maurice zijn onwillige dochter tot vlak voor de deuropening.

'Ge kunt ze de patatten laten schillen als ze wat gekalmeerd is.'

Odette huilt – daarbij produceert ze een irritant hoog muizengeluidje.

Haar grijze jas, een ouderwetse capuchon tegen de regen die slordig over haar hoofd en schouders is gegooid, doet Stella aan een berg denken, de berg die tot haar komt.

'Sukkeles,' spreekt ze als Mozes de berg toe, 'als ge stopt met piepen moogt ge binnen. Maar gij niet', zegt ze tegen Maurice en ze opent gastvrij de deur voor Odette.

'Dat moet niet, ik moet, ik moet niet binnen zijn, merci, bedankt!'

De man draait zich resoluut om alsof hij niet rap genoeg kan wegvluchten.

'Hélabà! En hoe moet ik dat aan het Opperwezen verantwoorden? Een pakske gevonden aan de achterdeur, met de complimenten van Maurice?'

'Ik kom ze na de vijven ophalen', antwoordt hij.

'Waarom is ze hier, bedoel ik, wat moet ik straks aan Hare Hooghartigheid Mariëtte de Eerste vertellen!'

'Dat kind wordt zot van het lawijt van de afbraak', zegt hij over zijn schouder terwijl hij zich al weghaast.

'Welke afbraak?'

Maurice staat al op het terras en schreeuwt: 'Van die huizen achter het mijne!'

Lucky begint opnieuw te blaffen.

'Dat dat godverdomme allemaal zomaar kan... zonder de directe geburen te verwittigen... tegenwoordig...' foetert hij in zichzelf en struikelend over zijn eigen voeten loopt hij de hoek om.

'Kom, Odette.'

Estelle doet de deur achter de zwakzinnige op slot.

En opeens is alles stil. De hond is met blaffen gestopt, het kind met huilen.

De klok tikt opnieuw rustig de tijd weg.

Stella neemt Odette de tas die ze voor zich houdt uit handen en trekt de grijze cape over haar hoofd vandaan. Wat een formaat! Mensenlief, het lijkt wel zo'n zeildoek waarmee de boeren hun aardappel- of bietenoogst op het veld toedekken.

De vrouw laat zich gewillig van het dekzeil ontdoen en in een keukenstoel neerzetten, de tas – met daarin een breiwerk van donkergroene, smoezelige wol op dikke, brede priemen – op schoot.

Met een slip van Odettes zakkige bloes veegt Estelle wangen, neus en kin die nat van tranen zijn droog.

'Zo, dat is beter', zegt ze sussend tegen de reuzenpop. 'Wilt ge iets drinken? Naar de wc gaan?'

Odette kijkt haar aan alsof ze het in Keulen hoort donderen, maar zegt niets terug.

'Pipi doen?'

Ze ziet er – als dat al mogelijk is – nog dikker en vormelozer uit dan voordien. Haar lichaam stroomt over de smalle zitting van de stoel.

'Als ge moet pipi doen, moet ge het op tijd zeggen, anders zal madame Mariëtte reclameren en zet ze u binnen de kortste keren aan de deur, zonder pardon.'

Het maakt geen indruk op Bessie Turf. Integendeel, haar vette gezicht ontspant zich en krijgt daardoor iets zelfgenoegzaams als van een oosterse Boeddha.

Veel last kan ze niet veroorzaken, denkt Estelle. Ze laat haar ongenode gaste met rust en gaat Brigitte verder afwerken.

Het oudroze op Bardots lippen is ideaal – mooier nog dan ze dacht. De hooggehakte schoentjes worden karmijnrood met een wat lichtere tint op de toppen om de glans van het leer te suggereren. Zou ze geen rugpijn krijgen van die hoge hakken, of schopt ze de schoenen na de fotosessie gauw uit?

De grijze reporters mogen niet meer dan schaduwen zijn, silhouetten, ingevulde contouren zonder eigen gezicht of persoonlijkheid, onopvallend. Het zijn onbelangrijke figuranten. Hun vage aanwezigheid moet enkel de centrale figuur en haar schoonheid accentueren. Een beetje zoals zij, Odette, daar zit.

Estelle kijkt op.

Het kolossale kind zit, met een breipriem onder de oksel geklemd, de andere stug manipulerend, heel langzaam met de wol te bricoleren. Ze is een en al concentratie. Met de tong uit haar mond houdt ze het breiwerk – een lange, smalle, beduimelde strook, een sjaal wellicht – bij elke steek telkens weer tot vlak voor haar ogen, terwijl ze op normale afstand de draad om de pennen legt en doorhaalt. Het gaat ongelooflijk moeizaam en het resultaat is niet om aan te zien, maar het is inderdaad breien wat ze doet!

Alsof Odette voelt dat ze wordt begluurd, laat ze het breiwerk in haar schoot rusten en draait ze het hoofd om Stella aan te kijken – met dat zelfingenomen Boeddha-glimlachje van daarnet.

'Welwel, ge zijt precies nog zo stom niet, kind!' roept Stella betrapt uit. 'Flink, Odette, flink hoor', en ze buigt zich weer over haar eigen werk.

Bezigheidstherapie. In de recreatieruimte van het zot-huis druk beoefend en hogelijk gewaardeerd door het verplegend personeel. Zelfs de meest onzinnige en waar-deloze konterfeitsels van de patiënten. Er wordt daar nogal wat met verf, potlood, papier en klei geprutst, alsof iedereen een kunstenaar is. Aan breien wordt er niet ge-daan, en al helemaal niet aan het verwerken van eerder gebruikte smerige wol tot eindeloos lange, smalle sjaal-achtige panden. Plukjes verknipte wol en textiel worden enkel aangewend om kunstwerken te vervaardigen en kledingstukken zijn geen kunst. Breien op zich mag dan al een bezigheid heten, de therapeutische waarde ervan is twijfelachtig.

Vooral in Odettes geval. Als haar werk klaar is, dat is wanneer de wol is opgebruikt – en andersom – wordt het rij na rij, steek na steek weer afgetrokken en tot een knot gerold om helemaal opnieuw te beginnen, misschien wel tien of honderd keren achtereen – zo laat de lamentabele toestand van het breiwerk alleszins vermoeden.

Zou Maurice dat doen, die sjaal alsmaar weer lostrek-ken, of zou Odette het zelf doen? En waar zijn alle baby-kleertjes die Estelle heeft gebreid naartoe, naar de arme mensen, zoals Mariëtte zegt?

Ingepalmd door haar gedachten is Estelle hard en on-genuanceerd met het antracietgrijze kleurpotlood aan het krassen. Ze maakt lelijke strepen. Dat geeft niet, lelijk kan ook kunst zijn.

'Odzj ijne…'

Stella kijkt op. Het is Odette die achter haar staat en haar een dikke hand reikt.

'Odzj ijne…' herhaalt ze.

'Zijt gij helemaal alleen opgestaan?' vraagt Stella.

Odette verplaatst haar gewicht van haar ene naar haar andere been, energiek wiebelend, en ze schudt ongeduldig met de uitgestoken hand.

'Wat wilt ge?'

'O-odzj-e ij-ne…' benadrukt Odette.

'Hondje kijken! Is het dat wat ge wilt, hondje kijken?'

De raadselachtige glimlach verschijnt weer op Odettes gezicht.

'Goed.'

Nog voor Stella opstaat, waggelt de kolossale Odette naar de deur toe, waar ze – de neus er net niet tegenaan – postvat.

Zal ik een onderbroek aantrekken, overweegt Stella en ze loopt naar de kast – ach nee, zolang ik niet onder de mensen kom, is dat niet vandoen. Oppertrol Jet moet niet te snel triomferen.

'Moet gij uw jas niet aandoen om buiten te gaan?' vraagt ze aan Odettes rug, zomaar – als blijk van haar autoriteit en verantwoordelijkheidszin misschien – want het is buiten zonnig en warmer dan binnen geworden.

'Nee', antwoordt de dikke beslist en dan koppig, met het voorhoofd tegen de achterdeur gedrukt: 'Ondzje ijne, ondzje ijne…'

Stella moet er ineens hard om lachen. Ze kan zich niet precies herinneren of haar lach de juiste is, of hij als haar eigen lach klinkt. Ze kent en herkent meerdere lachen, van anderen vooral.

'Als ge zo vlak voor de deur staat, kan ik ze niet opendoen, kind, hahaha.' Dit is mijn lichte lach, zo te horen, denkt ze.

En kijk, de berg zet een stap achteruit. Is ze helemaal niet zo dom als van haar wordt beweerd, of is het toeval?

Estelle ontsluit de deur, stapt naar buiten en helpt het reuzenkind over het drempeltje heen.

Hand in hand schuifelen ze over het terras, vier treden af, langs de border met gele struikrozen de tuin in, naar het hondenhok. Het is alsof niet Stella de dikkerd begeleidt, maar andersom, alsof Odette Estelle bij de hand houdt en naar het dier brengt.

Lucky staat met geheven kop en gespitste oren naar het bizarre duo uit te kijken.

'Dag Lucky, kijkt eens wie er hier is!'

De hond begint enthousiast te kwispelen en te kwijlen, nu hij haar vriendelijke stem herkent.

'Ondzje ij-ij-ij-ijne!' kraait het kind.

*

'De kleine man heeft weer eens geen verweer! Het is een godverdomde regelrechte schande – dat ik het zo lelijk moet zeggen – maar ik sta met mijn rug tegen de muur! Komt zo'n monsterbedrijf ineens uit het niets opdoemen en heel mijn huishouden overhoop smijten, dat is de macht van het geld!'

Maurice staat in het midden van de keuken harkerig met zijn armen zwaaiend zijn beklag te doen.

'Ach, ge moet er niet zo'n spel van maken, Maurice,' probeert Mariëtte de werkman – helemaal over zijn toeren! – te kalmeren. Ik zeg het, Odette mag morgen terugkomen, ze is heel braaf en gezeglijk geweest.'

Het opvangen van de zwakzinnige heeft Estelle goed gedaan, dat hadden zij en Louise bij het thuiskomen direct gezien. Eerst waren ze nog ongerust geweest omdat ze hun zus zo lang alleen thuis hadden gelaten, maar ze wilden niet nog eens een lezing van de vrouwengilde missen – altijd heel interessant, over diepvriesproducten dit keer.

En kijk, hun angst was voor niets nodig geweest, ze vonden Stella rustig, ontspannen aan de keukentafel met het ongelukkige kind, elkaars portret tekenend.

Stella's tekening bleek trouwens helemaal niet slecht gelukt, al was Odette gezien haar postuur natuurlijk gemakkelijk herkenbaar. Het blad van de zwakzinnige stond daarentegen vol kinderachtige krabbels, maar ze leek er heel blij mee. Iedereen content.

Het enige minpunt was de hond, die prinsheerlijk onder de keukentafel aan de voeten van het tweetal had liggen slapen. Mariëtte heeft het beest zelf buiten gestoken en aan de ketting gelegd. Volgens Louise bestonden er ineens ergere dingen dan een hond in haar keuken.

Dat is natuurlijk zo, maar het een moet het ander niet uitsluiten en ge moet consequent zijn in uw houding. Neen is neen en ja is ja, anders raakt de logica zoek. Datzelfde principe geldt voor de onderbroek.

'Zonder mij te verwittigen! En ze zijn bijlange nog niet weg hé. Ik ben met die mannen gaan spreken tijdens de schaft. 'k Zeg: "Hoelang gaat die kloterij hier nog duren?" Dat konden ze mij niet zeggen. "De timing hangt af van

van alles en nog wat, onder andere ook van het weer," zeiden ze, "maar zeven huizen tot en met de fundamenten afbreken en de brikkaljon ervan wegvoeren, zoiets doet ge niet overnacht, hé." Stonden ze mij daar vierkant in mijn gezicht uit te lachen!'

Maurice blijft in het midden van de keuken staan schelden alsof hij nog op de afbraakwerf staat.

'"Geef mij een termijn," zeg ik, "dat ik mijn zaken kan regelen. Tijd om mijn huishouden en mijn leven godverdomme te organiseren!"'

Het scheelt maar weinig of Maurice rukt zich de haren uit het eigen hoofd.

'Ge moet niet zo roepen tegen ons, Maurice', zegt Estelle. Ze drapeert de cape over Odettes schouders en voelt hoe het meisje begint te trillen. 'Wij kunnen daar toch niets aan doen?'

'Ik weet het, 'k weet het, maar een mens zou al van minder stekezot worden.'

'En ik zeg het nog eens, ge moogt de kleine altijd brengen', herhaalt Mariëtte.

'Gij zoudt misschien beter ook ergens naartoe gaan tot als het bij u thuis weer rustig is', zegt Louise over haar schouder. Ze schraapt de worteltjes onder de kraan bij het aanrecht. Er moet haast gemaakt worden met het avondeten, want door de lezing is het later dan gewoonlijk geworden. Stel dat we nu al een diepvriezer hadden aangeschaft, denkt ze, dan nam ik er eenvoudigweg een pak wortels uit en liet ze ontdooien.

'Ja, nee, ik heb mijn werk overdag. Ik blijf daar niet bij de pakken zitten hé, er is genoeg te doen buitenshuis. 't Is maar voor het kind, ocharme', antwoordt Maurice gedwee.

De aankoop van een diepvries zou haar werk in de keuken revolutionair verlichten, weet Louise.

Mariëtte wil de naar ranzig vet ruikende man naar buiten werken. Ze wist niet dat hij zo koleriek kon zijn.

'Wel, ge steekt ze binnen als het morgen weer van dattum is, van zeven tot vijf.' En ga u eens wassen, zou ze eraan toe willen voegen, zo penetrant als hij riekt.

Ze slikt haar ergernis in, neemt het vieze groene breiwerk dat op een van haar stoelen is achtergebleven, en stopt het ding in de groezelige tas, die ze aan Maurice geeft.

'Ge kunt papa zijn werkkot buiten gebruiken, daar is het stil, maar ik heb liever dat er in ons keuken geen mansvolk over de vloer komt', zegt ze.

'Bedankt, bedankt, juffrouws. Ik zou niet weten wat ik zonder uw hulp zou doen', mompelt Maurice en zonder zijn dochter aan te kijken neemt hij haar bij de pols.

'Tot morgen, Odette', zegt Stella. Ze klapt de kastdeur dicht. Daar, in de ingebouwde kast, heeft ze alle tekeningen, het blok en de doos kleurpotloden ordelijk boven op het stapeltje slips gelegd.

'Maar pas op!' begint Maurice opnieuw. 'Eens de afbraak gedaan is, begint de échte miserie voorgoed hé...'

Hij blijft als een zoutpilaar staan.

'Er komt een appartementsblok van negen verdiepingen pal achter mij, sociale woningen van de gemeente, hoelang gaat dat duren', jeremieert hij. 'Wat voor crapuul komt daar wonen! En ik ben al mijn zon kwijt!'

Opeens gaat er Mariëtte een licht op. Maurice heeft het over een van meneer Désirés bouwprojecten, het sociaal woonblok in de Watertorenstraat, daar waar een rij woningen staat te verkrotten – de klusjesman woont om de hoek, in de Vaartstraat.

'Maar er is toch al langer sprake van appartementen in de Watertorenstraat', reageert ze vinnig ter verdediging van haar *préféré* Désiré, zijn bedrijf en belangen – zonder ze bij name te noemen. 'Ze spreken daar al jaren van.'

'Juist daarom, die dingen slepen altijd eindeloos lang aan', fulmineert Maurice. 'En het braakliggend stuk op de hoek, de fundamenten van huisnummer 1 naast mij, zat niet in de plannen. Meneer van Brandt heeft mij daar nooit iets over gezegd. Integendeel, ik mocht zijn grond gebruiken in ruil voor het onderhoud ervan. Waarom peinst ge dat ik verleden jaar héél zijn afsluiting hersteld heb, al dat werk en die kosten op het sterfhuis! En het eerste wat ze vanmorgen hebben gedaan is mijn nieuwe schutting afgebroken – zomaar zonder mijn toestemming te vragen! – met de officiële permissie van de wettige eigenaar Van Brandt Firmin uit Zedelgem, zeiden ze. Ik probeer hem godverdomme al de hele dag te telefoneren, maar hij neemt niet op en ondertussen is het te laat. Ze hebben de planken op een hoop gesmeten en er staat een van die machines – een monsterkraan met een bol eraan – boven op mijn tomaten en mijn gladiolen geparkeerd...'

Maurice laat het hoofd hangen.

'Geen zon, geen licht, geen lucht, en nu ook geen hofke meer. Ik kan evengoed al gereed in mijn put gaan liggen', voegt hij er verslagen aan toe.

'Wel bah, nee Maurice, ge moet gewoon een beetje geduld oefenen', zegt Mariëtte terwijl ze vader en dochter onder zachte dwang naar buiten loodst. 'Ge zult zien, dat zal allemaal wel meevallen.'

'Tsja, ge kunt geen omelet maken zonder eieren te breken. Dat is de vooruitgang en die houdt ge niet tegen', concludeert Louise nuchter zodra haar zus de deur achter hen heeft gesloten. Ze schuift de braadslee met het mooie varkensgebraad in de voorverwarmde oven. 'Maurice... tss... heeft dat perceel altijd als zijn persoonlijk eigendom gezien, maar per slot van rekening is het niet van hem. Hij mag content zijn dat hij het zo lang gratis en voor niks heeft mogen gebruiken. Ik heb daar allemaal geen compassie mee, Mariëtte.'

Louise opent een blik extra fijne doperwten. Als ze in de toekomst geen tijd hebben om ze te doppen of het is er niet de tijd van het jaar voor, eten ze toch plukverse erwten uit de diepvries, veel lekkerder dan uit conserven!

'Schilt er maar veel, ik maak er puree van', zegt ze tegen Mariëtte, die de aardappelen jast, en dan, alsof het erbij hoort: 'Heeft ze haar medicamenten al gepakt?'

'Vanavond nog niet, nee, en...' Jet begint te fluisteren. 'Ze heeft, mijn gedacht, weer de hele dag zonder onderbroek rondgelopen.'

Stella zit aan haar tafelhoek en kan elk woord volgen.

'Begint daar nu niet weer over, Mariëtte, na zo een constructieve dag als vandaag waarop we zoveel geleerd hebben.'

Louise vult een glas half vol water uit de kraan en zet het voor Estelle neer. Dan schudt ze een pil Haloperidol uit het flesje in haar handpalm en houdt die Stella voor.

'We zouden beter ons Judith wat meer in de gaten houden. Zij is tegenwoordig meer niet dan wel thuis.'

Estelle plukt het pilletje uit het kuiltje van Louises hand en neemt het glas water.

'We moeten eens heel serieus met haar spreken, Mariette. Ze denkt dat na het opruimen van de kamers haar werk erop zit, geloof ik, want dan is ze ribbedebie, maar dat zijn maar halve dagen hé, tss...'

Stella neemt een slokje water en laat het neurolepticum ongemerkt in de gleuf tussen haar borsten in haar beha glijden, waarna ze de rest van het glas leegdrinkt.

'Het gaat van kwaad naar erger met haar, ik weet het, dat orkest, muziek spelen, repeteren en optreden en nachtenlang in jazzcafés rondhangen alsof dat er haar niets anders meer interesseert', zegt Mariëtte nog altijd fluisterend. 'Ik heb er haar al over aangesproken, maar ik kreeg het deksel op de neus.'

'Hoezo, wat zei ze misschien?'

Mariëtte stopt met schillen, zoekt haar woorden.

'Ik zei dat het precies was alsof zij hier op hotel was, en dat het werk stilaan onhoudbaar werd voor ons...'

'Wat zei zíj, Mariëtte?'

'Dat wilt ge niet weten.'

'Hoe? Dat mag ik niet weten, misschien?'

'Ge weet het beter niet of uw constructieve dag is helemaal naar de verdoemenis', zegt Mariëtte op luide toon terwijl ze gedecideerd verder schilt.

'Ha ja?'

'Ze zei dat we dringend moesten vergaderen, alle vier, en ze begon over haar rechten als huispersoneel. Huispersoneel! Dat ze het beu is om hier als huispersoneel onbetaalde arbeid te verrichten omdat ze familie is, zei ze. Terwijl ze haar roeping als artiest heeft gevonden en ze professioneel muzikant wil worden om overal te gaan spelen. "Waarom niet in Amerika?" zei ze. "Ik heb maar één leven. Hoe dwaas moet ge zijn", zei ze, "om alleen tegen kost en inwoon langer dan de wettelijke vijfenveertigurenweek bij familie te kloppen en uw talenten niet te benutten? Geef mij een arbeidscontract van bepaalde

duur en het officieel bewijs dat ik mede-eigenaar van Viersprong ben, dan ben ik vrij." Dat zei ze!'

Louise vergeet een kruisteken te slaan, haar mond valt
van verbijstering open en de gaten tussen de haar resterende tanden komen bloot te liggen.

De ogen vol tranen kijkt ze toe hoe Mariëtte fanatiek
verder schilt.

Het is Estelle, als gebeeldhouwd aan de hoek van de
tafel, die als eerste het woord neemt.

'Ze in verwachting, volgens mij draagt Odette een kind.'

15

Mariëtte schrikt bij het zien van de twee donker geüniformeerde politieagenten die in de hal van het pension staan te wachten.

Ze heeft de bel bij de receptie – als de mannen die al gebruikten – niet gehoord in het souterrain van de keuken, maar het aanhoudende geroep van boven heeft haar verontrust.

'Bent u mejuffrouw De Wolf, uitbaatster van dit etablissement?' vraagt de agent met de grootste snor.

Ze kan het niet helpen, ze denkt direct aan Judith, die heeft iets mispeuterd, zich onwelvoeglijk gedragen misschien. Ze zal toch niet zijn gaan klagen over haar werkomstandigheden?

Ze laat zich niet uit het lood slaan. 'Dat ben ik inderdaad, heren, en met wie heb ik de eer?'

'Gerechtelijke politie. U biedt onderdak aan de genaamde De Smet Odette, dochter van De Smet Maurice, en met hem gedomicilieerd in de Vaartstraat numero 3?'

'Tijdelijk blijft ze hier overdag...'

'Wij komen De Smet Odette ophalen voor verhoor', vervolgt de grote snor onbewogen.

'Odette? Wat heeft ze uitgestoken, misschien!'

'Het is aan onze diensten om dat uit te zoeken, mevrouw, eh, juffrouw. U draagt voornoemde persoon aan ons over, punt ander lijn.'

'Maar dat kind is achterlijk! Ze zou nog geen vlieg kwaad doen, eerlijk waar niet. Allee, ik kan mij niet voorstellen...'

'Zoals mijn collega al zei,' neemt de Kleine Snor iets vriendelijker het woord 'moet de rechtsgang gerespecteerd worden. Wil ons betreffende overdragen in het belang van het onderzoek.'

'Hewel, wat hoor ik hier nu!'

Mevrouw De Roeck, die uit haar middagdutje gewekt is, komt op pantoffels en in peignoir gehuld de statige trap afgedaald.

'Ze komen Odette arresteren', zegt Mariëtte geschokt.

'Wie zegt ge dat ze komen arresteren?' roept de weduwe overluid.

'Odette...'

'Wat moet ik hier nog allemaal meemaken...' mompelt ze misnoegd terwijl ze de laatste trede neemt en op de agenten afsleft. 'Waarom in godsnaam komt ge dat schaap opeisen?'

'U bent eigenares en mede-uitbaatster van dit etablissement, mevrouw?' vraagt de grote snor in verwarring.

'Een ongelukkig vrouwmens met het verstand van een boreling, hoort, daartegen kunnen ze zich weren, de mannen van de wet, dienaren van recht en orde!'

'Verdachte wordt geconvoceerd, niet gearresteerd', zegt de kleine snor sussend.

'Hoe ge niet beschaamd zijt', vliegt De Roeck gretig tegen hem uit.

'Ze zit in de keuken patatten te schillen, volg mij maar', zegt Mariëtte als verdoofd.

'Ge komt te laat, mannen, gelijk altijd. De echte schuldigen zijn al lang gevlucht!' roept mevrouw De Roeck.

''t Is al goed, Agatha, ik blijf bij Odette', fluistert Mariëtte terwijl ze – met de agenten achter haar aan – naar de keuken loopt.

De weduwe blijft maar doordrammen. 'Moet ik daarvoor al die keren op het commissariaat om een onderzoek gesmeekt hebben...'

*

Louise en Estelle staan bij het aanrecht groenten te spoelen en te snijden voor de soep. Ze kijken gelijktijdig verrast op.

'Goedemiddag dames. Gerechtelijke politie. Wij verzoeken juffrouw Odette De Smet met ons mee te komen naar het bureau voor een verhoor aldaar.'

Louise schrikt op. 'Wat krijgen we nu!'

Odette, die aan de keukentafel een berg aardappelen schilt, gaat zonder op- of omkijken door met schillen.

'Dit is de gedagvaarde, heren', zegt Mariëtte zonder zweem van ironie en ze gaat achter de brede rug staan en legt haar hand op Odettes schouder.

'Gelieve met ons mee te komen', gebiedt de kleine snor, die op het dikke mens toeloopt.

'Maar allee...!' protesteert Louise.

Mariëtte maakt een beslist gebaar naar haar en naar Estelle.

'Gelieve ons te volgen', herhaalt de agent.

Hij schroeft de kepie wat dieper op zijn hoofd om het bevel kracht bij te zetten. Zonder resultaat. De opgeroepen persoon reageert niet. Alsof ze doof, blind en stom is, blijft ze haar activiteit verder uitvoeren.

'Jezus, Maria, Jozef,' bidt Louise, de ogen ten hemel geslagen, 'verlos ons van deze huisvredebreuk!'

'U bent wel degelijk Odette De Smet, woonachtig Vaartstraat 3, tijdelijk onder dak in hotel Viersprong bij mejuffer Mariëtte De Wolf?' Zijn collega en meerdere in rang probeert alsnog beweging in de zaak te krijgen voordat hij tot repressieve maatregelen moet overgaan.

'Behalve dat het een pension is en geen hotel, klopt het wat u zegt', antwoordt Jet hautain.

Meer dan een vluchtig lege blik van de opgevorderde kan de agent niet opvangen. Dan laat ze met een luide plons een geschilde aardappel in de met water gevulde kom vallen en pakt ze een volgend exemplaar om het minutieus dun te jassen.

'U moet worden voorgeleid bij de onderzoeksrechter voor verhoor als getuige en mogelijk betrokkene bij een ernstig misdrijf.' De beëdigde ambtenaar blijft alsnog formeel en geduldig. Hij werpt een redelijk radeloze blik naar zijn collega.

'Wat verwacht ge nu dat ze gaat zeggen?' vraagt Mariette fijntjes. 'Ik heb toch uitgelegd dat ze niet normaal is. Ze kan niet eens spreken. Wie weet of ze wel gedachten heeft en in staat is te denken. Heeft haar pa u dat niet gezegd, misschien? Ge hebt hem toch al gesproken, hoe zoudt ge anders weten dat zijn dochter bij ons is? Kijkt, ik heb Maurice beloofd dat we ons zolang de werken duren over Odette gingen ontfermen, en ik zal meegaan met haar.'

Dat valt in goede aarde bij de wetsdienaren, merkt ze.

'Of wat waart ge anders van zins, heren agenten? Haar in de boeien slaan en met geweld meesleuren, misschien?'

*

'God, juffrouw Estelle, wat ziet gij d'r goed uit!'

Het is de oude mevrouw De Roeck die als eerste van de verzamelde gasten ziet hoe Stella de eetzaal binnenkomt.

Met de haren hoog opgestoken, de ogen zwart omrand, de lippen dik roze gestift, loopt juffrouw Estelle met de grote soepterrine als een plechtige offerande voor zich uit naar de gedekte tafel toe.

'Godverdomme, zij is het!'

Meneer Sorgeloos veert als een duiveltje uit een doosje recht en begint gelijk te applaudisseren.

'Eindelijk! Juffrouw Estelle! Eindelijk zijt ge terug onder ons! Hoera!'

Iemand roept: 'Bravooo...' zuiver en helder als een sopraantje.

Het is Lamberto. Naar wat hij van juffrouw Mariëtte mondjesmaat had vernomen, vreesde hij ervoor de knappe juffrouw Stella nooit meer terug te zien. Hij kleurt hoogrood.

'Bravo bravissimo!' vervolgt hij laag en stoer.

Opeens begint iedereen enthousiast mee te klappen en te juichen.

Stella zet de soep in het midden van de tafel en neemt de ovatie glimlachend in ontvangst.

Gaston Sorgeloos glundert. 'Heb ik soms overdreven? Is ze geen prachtig vrouwmens, meneer Désiré. Ge moogt mij altijd verbeteren als ik mis ben hé', zegt hij guitig en er schiet een pijnlijke krop in zijn keel.

Estelle knikt de genodigden een voor een toe en gaat zoals afgesproken op haar oude, vertrouwde plaats naast meneer Gaston zitten. Ze zal nog niet meteen serveren om mogelijke ongelukken te voorkomen, want haar handen trillen soms ongecontroleerd. Judith schept de soep op.

'Ik ben zo gelukkig van u weer te zien, mijn kind', zegt Gaston tegen Estelle. Operatie, vleesboom en zenuwinstorting hebben de juffrouw geen goed gedaan. Ietwat onbehouwen geeft hij haar een opbeurende por met zijn elleboog. 'Onze ster, haha, ik ben wreed content met uw comeback, juffrouw Estelle...' zegt hij schor.

'Maakt onze zuster nu niet verlegen, meneer Sorgeloos. Juffrouw Estelle wil liever dat we allemaal gewoon verder doen, gelijk altijd', zegt Louise en ze voegt de daad bij het woord. 'De Heer zij dank voor spijs en drank. Smakelijk, mensen.'

Stella lepelt langzaam van de soep. Nu ze zit voelt ze de zwarte kokerrok rond haar middel knellen, terwijl ze de rits, helemaal wijd open – verborgen onder haar slobbertrui – moest laten. En Gaston Sorgeloos werpt haar steelse blikken toe, voelt ze, alsof hij haar ongemak heimelijk observeert.

De heer Opsomer verbreekt opeens de stilte. 'Als u mij toestaat, beste mensen.' Hij veegt zijn mond schoon, schuift zijn stoel achteruit en gaat formeel staan.

'Ik wil u, beste juffrouw Estelle, volgaarne mededelen – en dit in naam van ons allen, het voltallige cliëntenbestand – dat we ten zeerste verheugd zijn, verheugd en dankbaar, u als vanouds, gezond en wel, opnieuw bij ons te mogen begroeten', zegt hij welluidend.

'Dank u,' zegt Stella bescheiden, 'en kunnen we nu gewoon doen alsjeblieft, gewoon gewoon?'

Meneer Opsomer gaat zitten. 'All right, business as usual, ik ben het helemaal met u eens, juffrouw Estelle.'

'U bent ongetwijfeld meneer Van Hemelrijckx, we werden nog niet aan elkaar voorgesteld', zegt Estelle tegen de bouwpromotor. 'Ik ben Estelle, dat kan u niet ontgaan zijn, aangenaam.' Ze glimlacht wat stroef naar de opmerkelijk grote, mooie man.

'Inderdaad.' Hij knikt kort in haar richting.

Waar de charmante gastvrouw, juffrouw Mariëtte, blijft, wil Van Hemelrijckx weleens weten. Ze is hem niet komen uitnodigen voor het avondeten – met haar had hij het plotse stilleggen van de werkzaamheden in de Watertorenstraat willen bespreken. Maar haar plaats blijkt onverwacht ingenomen door een te zwaar geschminkte zus van wie hij het bestaan niet had vermoed.

'En wat staat er na dit voortreffelijk soepke nog meer op het menu, juffrouw Louise?' informeert Gaston in een poging om zijn normale gemoedelijkheid terug te vinden.

'Rode kool met appeltjes en witte en zwarte pensen, en als dessert heb ik flan met...'

'Is juffrouw Mariëtte niet thuis?' onderbreekt hij haar. Zozeer werd hij in beslag genomen door het weerzien met juffrouw Stella, dat hij Mariëttes afwezigheid nu pas opmerkt!

'Er is toch niets misbeurd?'

'Zit ze nu nog altijd bij de politie met dat, eh, die, eh, hoe heet ze, die zwakzinnige dikke!' roept mevrouw De Roeck uit, opgetogen nu ze zich het opmerkelijke bezoek van de wetsdienaren ineens weer herinnert.

'Hebben ze haar gearresteerd?' vraagt ze.

'Wie?'

'Wat zegt ge!'

'Wat is er gebeurd?'

'Geen nood, geen nood, mensen.' Louise sust het opkomende tumult.

'Onze zus heeft laten weten dat niemand van ons ongerust moest zijn. Ze heeft gebeld om te zeggen dat er op haar niet gewacht moest worden om te eten. In het belang van het onderzoek kon ze nog niets meer zeggen – alleen dat de zaak dus in geen geval ook maar iets met ons of met Viersprong van doen heeft.'

Mevrouw De Roeck springt erbovenop. 'O nee, als er twee agenten van de gerechtelijke politie op de gang staan en u meenemen voor verhoor, moet ge u geen zorgen maken. Dat is helemaal niet verdacht. Zeker als ge maandenlang onderdak verleent aan een communistische spionne, is dat maar om te lachen', sneert ze.

'Ons Mariëtte is vrijwillig meegegaan als daad van barmhartigheid en christelijke naastenliefde, om Odette bij te staan in een zaak waar wij voor niets tussen zitten – en ge moet stoppen met uw vuilspuiterij, madame De Roeck, want het zal zich tegen u keren', zegt Louise om de oude de mond te snoeren.

En terwijl hij zich verbaast over de kracht waarmee juffrouw Louise, het tengere, uitgemergelde mensje, van zich laat horen, begint het de heer Van Hemelrijckx langzaam te dagen.

'Meer kon onze zuster helaas nog niet zeggen, maar de ware toedracht zal rap aan het licht komen, mede dankzij Mariëtte. Wie wil er nog soep, anders ruim ik de borden af.'

'De gerechtelijke politie, juffrouw Louise?' Aloïs Opsomer dept zich de mond met zijn gesteven servet. 'Dat lijkt me toch ernstig – al hoeft het uiteraard geen halszaak te betreffen, wat madame De Roeck insinueert – heeft u werkelijk geen vermoeden waarover het gaat?'

'Meer dan een vermoeden, mijne heren, ik heb bewijzen van een gans netwerk', wauwelt de oude. 'Die vuile filou met zijn mottige snor, hoe heet hij, juffrouw Estelle was er zo zot van, ik zou het honderd keer zeggen en het heeft in de gazet gestaan, hij is ons land uitgestuurd, beschuldigd van spionage...'

'Als Jet niet was meegegaan, was ik meegegaan', zegt Estelle. 'Ik ken Odette beter, ze is eigenlijk nog een baby, ik zorg voor haar en ik ken haar vader, Maurice ook. 't Is voor hém dat de politie kwam.'

'Maurice De Smet?' vraagt meneer Van Hemelrijckx. 'Uit de Vaartstraat?'

Estelle knikt.

'Nee, Alfred, Alfred Vandewalle heette hij, die met de walrussensnor...' bazelt mevrouw De Roeck.

'De afbraakwerken zijn daar vanmiddag stilgelegd op bevel van de procureur des Konings omdat er een lijk is ontdekt', zegt de bouwpromotor.

'Een lijk! Ziet ge 't zie, heb ik het niet gezegd!' kraait mevrouw De Roeck.

'Een lijk op uw werf, meneer Van Hemelrijckx?' informeert Opsomer zuinig. 'Toch niet uit de vorige oorlog? Dat kan de timing van uw onderneming weleens danig in het honderd laten lopen met alle nefaste economische gevolgen van dien.'

'Het is een kinderlijk, voor zover ik weet', antwoordt Van Hemelrijckx. Een van zijn werknemers heeft het gezien. 'Een versleten pakske in vodden en krantenpapier gewikkeld', had hij gezegd, dat Maurice De Smet aan het opgraven was.

Het wordt stil in de kamer. Een voorbijdaverende goederentrein rijt de stilte aan flarden.

'Laat ons liever niet beginnen met te speculeren', zegt Van Hemelrijckx sec.

'Juist, meneer', zegt Judith. 'En laten we eraan denken dat niet alles is wat het lijkt.'

'Hoe dan ook moeten we nu aan de hoofdschotel beginnen, ik kan die gebakken pensen niet eeuwig in de oven warm houden of ze drogen helegans uit', besluit Louise, waarna ze nog snel een kruisteken slaat.

*

Het is bijna halftien 's avonds en volop donker als Mariëtte thuiskomt.

Ze heeft Odette bij zich. Rechercheurs van de gerechtelijke politie brachten de vrouwen in een onopvallende personenwagen terug. Ze wisten niet wat ze met de zwaar gehandicapte moesten aanvangen. Van inhechtenisneming wegens medeplichtigheid kon alleen al gezien de ontoerekeningsvatbaarheid van de medeverdachte geen sprake meer zijn.

Mariëttes aanwezigheid had de verdachte weliswaar bij het verhoor gekalmeerd, maar had niet geleid tot nieuwe informatie ter opheldering van het gepleegde misdrijf, of beter tot opheldering van de misdrijven, meervoud.

Dat het om meerdere misdaden ging – moorden om precies te zijn – gepleegd op onschuldige kinderen, dat staat voor Mariëtte ondertussen als een paal boven water.

En ze heeft nog veel meer vernomen! Aldus beschouwd heeft de begeleiding van Odette haar wel degelijk veel opgebracht. De onderzoeksrechter heeft Mariëtte De Wolf er als woordvoerster van de onmondige en onmachtige medebeklaagde De Smet Odette op gewezen dat niets ervan in de openbaarheid mag worden gebracht. Mariëtte heeft het onder ede gezworen, maar de intieme huiselijke kring van Viersprong is uiteraard de openbaarheid niet.

'Straks. Laat me eerst wat bekomen', zegt Mariëtte tot haar zussen.

In amazonezit op de badrand giet Estelle shampoo in de palm van haar hand, brengt die op het natte hoofd aan en masseert soepel en sierlijk Odettes haren en hoofdhuid tot ze luchtig schuimen.

Het kindvrouwtje – haar roze vlees vult de hele breedte van de gietijzeren badkuip – knort van genot bij deze onbekende sensatie.

'Opgepast voor de zeep in uw oogskes', zegt Stella. Eerst mag ze Odette een bad geven en daarna een bed. De twijfelaar in het noodkamertje, voorlopig. Als het aan Stella ligt voor altijd.

Ze schept met een kroes water uit het bad, bij het voeteneind, waar ze erbij kan, en spoelt Odettes haren. Dan droogt ze het halflange haar zorgvuldig af en wikkelt de handdoek als een tiara om het hoofd.

Ondertussen wast Louise bij de lavabo, afgewend van het kolossale naakte lichaam, Odettes ondergoed en bovenkleren. Ze kneedt en wrijft heftig, zo weerstaat ze de drang om in de spiegel naar het gênante tafereel te gluren.

Louise heeft de laatkomers bij hun thuiskomst soep en brood gegeven, waarvan vooral Odette heeft gegeten – Stella heeft haar de met koude witte en zwarte pens belegde boterhammen gevoerd – terwijl Mariëtte beweerde geen hap door de strot geduwd te krijgen.

'Ik moet eerst bekomen', had ze gezegd.

Mariëtte staat met de rug tegen de badkamerdeur aan, te kijken of te staren en weg te dromen, dat is niet duidelijk. Ze heeft in elk geval nog altijd geen woord over het gebeurde losgelaten.

De dikke grijpt speels naar de glanzende waterdruppels, wil ze betasten, bekijken en verzamelen. Ze luistert naar wat ze zeggen en probeert ze te bewaren. Ze kirt van plezier als een kind, wat ze is.

'Lekker is dat, een bad, hé Ootje?' brabbelt Stella terwijl ze de bolle armen, ondiepe oksels en borst met een washandje inzeept. Odette heeft bijna geen borsten, alleen wat vetophoging rond de tepels als bij een man. Onder de borst zit de uitpuilende maagstreek en daaronder de opbollende buik als een naakt eiland door het badwater omsloten.

Judith zucht hartsgrondig. 'Mogen we nu eindelijk horen wat er gebeurd is!'

Ze heeft bij Louise, naast de wastafel postgevat – buiten het bereik van de spatten – en kruist de armen.

'Mariëtte, gaat ge het zeggen?' vraagt ze geïrriteerd.

'Ik moet weg.'

Louise, over de wastafel gebogen, werpt een schichtige blik op het spiegelbeeld van Jet.

'Zal het gaan, zijt ge genoeg op uw effen?' vraagt ze.

'Goed.' Mariëtte komt los van de deur en gaat stevig op beide benen staan. Ze zuigt haar lippen naar binnen, strijkt over haar kin.

'Om te beginnen wil ik dat niets van wat ik ga zeggen buiten deze vier muren gaat, dat moet ge mij zweren', zegt ze streng. Zonder op de eed van haar zussen te wachten gaat ze verder: 'Het is nochtans de waarheid, maar het is de taak van het gerecht die naar buiten te brengen. Maurice...' fluistert ze met wijd opengesperde ogen, 'Maurice is vandaag op heterdaad betrapt terwijl hij een vuil, stinkend pak aan het opgraven was uit zijn hof, of eigenlijk uit de hof van nummer 1, het afgebroken huis naast het zijne, ge weet wel. Een arbeider van de firma Betonmix van onze logé meneer Van Hemelrijckx heeft dat per toeval gezien.' Mariëtte komt lekker op dreef. 'Die werkmens meende eerst dat hij een dood beest aan het begraven was, in ontbinding, omdat het zo stonk, maar nee, au contraire....'

'Het was een kinderlijk, dat is geen geheim meer', onderbreekt Judith haar bot. 'Van Hemelrijckx heeft dat aan tafel al verteld.'

'Maar laat ze toch eens uitspreken, tss...' sist Louise giftig.

'Ga verder, Jet', zegt Judith alsof zij de zaak leidt.

'Zo brengt ge mij weer helemaal van mijn melk!' zegt Mariëtte kwaad.

Ze grijpt naar haar voorhoofd en slapen, waar een pijnlijke migraine opsteekt.

'Enne... hopla!' Estelle helpt de dikkerd rechtop te gaan staan.

Als van een waterval stort het water van Odettes massieve lijf omlaag, bruisend en borrelend in het bad neer.

202

'Nu nog Ootjes poep en Ootjes billekes', prevelt Stella tot haar reuzenbaby.

'En stopt met die onnozele praat, gij!' Jet schiet compleet over haar toeren ook tegen Stella uit.

De monumentale achterkant van de kindvrouw gaat ervan trillen.

'Shuut stillekes, Ootje', troost Estelle. 'Het kind kan daar allemaal niets aan doen, Jet.'

'Dat weet ik. Dat weet ik beter dan wie ook', antwoordt Mariëtte beheerster. 'Maurice heeft bekend.' Ze haalt diep adem. 'Hij heeft ze begraven in de hof van zijn gebuur. Drie borelingen in verschillende graad van ontbinding. Hij heeft ze doodgedaan nadat hij ze verwekt heeft', fluistert ze zacht. 'Twee jongens en een meiske. Dat wist hij niet meer. Hij had ze in gazetten en in doeken gewikkeld en zo rap mogelijk onder de grond gestoken zonder goed te kijken met de nageboorte en al. Hij wilde er niet aan denken.'

Mariëtte fluistert zo zacht dat ze nog maar amper te verstaan is.

'De kinderen waren ongewenst ter wereld gekomen. Gevolg van de vleselijke betrekkingen met zijn dochter. Jarenlang. Tot op heden.'

Het verwondert Mariëtte dat ze dit, hoewel zacht sprekend en met barstende hoofdpijn, toch zonder tranen of ademnood zegt en correct herhaalt wat ze heeft vernomen.

'Hij bracht ze door middel van wurging met de hand om het leven. Hij wist niet wat hij ermee aan moest vangen. Zijn dochter heeft er niet om geweend, nooit naar gevraagd. Hoewel zij als achterlijk kind hem altijd tot last is geweest, heeft hij haar altijd liefdevol verzorgd, nooit pijn gedaan of geslagen, zegt hij. Zo is het geweest en niet anders.'

Odette staat op het badmatje. Estelle heeft haar lichaam helemaal afgedroogd. Ze legt een droge badhanddoek over Odettes schouders, drapeert hem over haar en neemt de tiara van haar hoofd. De haren eronder zijn al bijna helemaal droog.

'Voilà, en nu naar bed', glimlacht Estelle.

De auteur ontving voor het schrijven
van dit boek een werkbeurs van
het Vlaams Fonds voor de Letteren
en van het Nederlands Letterenfonds.

Vlaams
Fonds
voor de
Letteren

Nederlands
letterenfonds
dutch foundation
for literature

Uitgeverij Polis
Antwerpen
uitgeverij@polis.be

Vertegenwoordiging
in Nederland:
New Book Collective
Amsterdam
www.newbookcollective.com

ISBN 978 94 6310 010 6
D/2016/13631/7
NUR 301

Boekverzorging: Dooreman
Zetwerk: Karakters, Gent
Foto auteur: Koen Broos
Omslagbeeld: Collectie
Joods Historisch Museum,
Amsterdam © Stichting
Charlotte Salomon

Voor informatie over onze auteurs en hun boeken:

www.polis.be
www.facebook.com/UitgeverijPolis
www.twitter.com/UitgeverijPolis